Sangue sul colle di Superga

STEFANO CARRADORI

STEFANO CARRADORI

Questo libro è ambientato poche ore prima di "La notte della bufera", dello stesso autore.

Gli eroi sono sempre immortali agli occhi di chi in essi crede. E così i ragazzi crederanno che il Torino non è morto: è soltanto in trasferta.

Indro Montanelli, da Il Corriere della Sera, 7 maggio 1949.

Chiara Paradisi, giovane vicecommissario in attesa di concorso, sta facendo il tirocinio pratico in un sonnacchioso commissariato alla periferia di Torino, sua città natale.

Avrebbe preferito entrare a far parte della squadra mobile, ma non è una che si lamenta. E quando un caso di violenza domestica arriva all'attenzione sua e del suo supervisore, il commissario capo Pietro Miccoli, ci si butta anima e corpo. Per dimostrare il proprio valore, certo, ma anche perché aiutare gli altri è per lei una missione.

E poi l'indagine diventa molto più complessa, con la scoperta del coinvolgimento della criminalità organizzata, e Chiara rischia la vita, salvata all'ultimo momento dal suo ex fidanzato.

Anche Pietro diventa l'obiettivo dei killer, e lo scontro avviene in un luogo ormai entrato nella leggenda, dove si è spenta una delle squadre più forti che abbiano mai calcato i terreni di gioco …

SANGUE SUL COLLE DI SUPERGA

CAPITOLO 1

Lunedì 29 aprile 2019, ore 7.45; commissariato di Borgo Po, Torino.

Il commissario capo Pietro Miccoli era un palermitano poco più che quarantenne, con capelli e carnagione scuri, magro e di media statura.

Era a capo del commissariato di Borgo Po, in via Sabaudia; molti suoi colleghi avrebbero storto il naso alla prospettiva di lavorare in una struttura così piccola, per giunta in una zona della città così periferica, ma a lui piaceva: non c'era la frenesia che regnava in questura o in altri commissariati più centrali, e c'era invece molto più verde; in più a poca distanza da lì, verso est, si stendeva un terreno ondulato di colline boscose che lui amava particolarmente. Soprattutto il colle di Superga.

Non era infatti un mistero per nessuno che lui, nonostante fosse un siciliano doc, tifasse in modo esagerato per il Torino; il motivo stava nell'adorazione che suo padre aveva sempre provato per il Grande Torino, la mitica squadra che aveva incontrato una fine tragica su quella collina a causa di un incidente aereo nel 1949. Come succede spesso in casi del genere, la morte di quei giocatori aveva fatto nascere un grande mito.

Per questo e per altri motivi, Miccoli aveva comprato una villetta con giardino in quella zona, nel comune di Moncalieri, dove viveva con la moglie e i tre figli, e almeno una volta al mese la sua vecchia ma robusta Audi lo portava in cima al colle di Superga, così lui poteva visitare la basilica omonima, e naturalmente rendere omaggio alla leggendaria squadra visitandone il monumento.

Senza contare, ovviamente, che la vista panoramica sulla città di cui si poteva godere da quel colle è qualcosa da mozzare il fiato.

Sì, nel complesso era moderatamente soddisfatto, e tale stato d'animo positivo era uno dei motivi per cui andava quasi sempre al lavoro in anticipo; anche tre quarti d'ora prima, qualche volta, considerando che gli uffici di quel commissariato aprivano alle otto e trenta.

I suoi pensieri furono interrotti dalla voce di una giovane donna. «Scusi, commissario capo … »

«Chiara, quante volte devo dirti di chiamarmi Pietro? Il titolo ufficiale puoi lasciarlo per le occasioni importanti.»

«Va bene, Pietro,» disse Chiara Paradisi, una ragazza con gli occhi verdi e i capelli castani raccolti in una coda di cavallo, graziosa senza essere troppo appariscente. «Volevo dirle che ha chiamato una certa Vittoria, dal pronto soccorso del Molinette; dice che vuole parlare solo con lei.» Sembrava abbastanza preoccupata.

«Va bene, rispondo subito; ma perché quella faccia da funerale?»

«Oddio, spero che non sia successo niente di grave a nessuno dei tuoi famigliari, … Pietro.»

«Ah, davvero hai pensato che … non preoccuparti, credo che sia una semplice chiamata di lavoro.»

La giovane aggrottò la fronte. «Ma il Molinette non è nella giurisdizione del nostro commissariato.»

«E con ciò? Vittoria è un'ottima infermiera e un'amica, se si è rivolta a me deve avere i suoi buoni motivi. Su quale linea devo rispondere?»

«Sulla uno, Pietro.»

*

«Vittoria, come stai? Non ci si vede da un po'.»

«Ciao, Pietro. Io non me la passo neanche male, tutto sommato, ma ieri sera ho visto qualcosa che non mi è piaciuto, qui in reparto.»

«Sono tutt'orecchi.»

«Sarò breve. Abbiamo medicato una donna che è già stata qui altre due volte, e io penso che il marito la maltratti.»

«La pesti, vuoi dire.»

«In poche parole, sì. Due costole leggermente incrinate, il labbro inferiore tumefatto e un occhio che tra un po' sarà nero come un pezzo di carbone.»

«E naturalmente sarà caduta dalle scale. È sempre così che succede, cadono dalle scale.» L'ironia e l'amarezza erano palesi nella voce del commissario capo.

«Naturalmente,» replicò la sua interlocutrice; la sua voce sembrava più che altro intrisa di rassegnazione.

«E la donna non ha intenzione di sporgere denuncia.» Anche questa era un'affermazione, più che una domanda.

«No, non lo farà. Come non l'ha fatto le altre due volte.»

«Senti, Vittoria, sai che mi piacerebbe occuparmene, ma temo di non poterlo fare. Al massimo potrei fare due chiacchiere informali con marito e moglie, ma niente di ufficiale. Se il fatto è avvenuto fuori dalla mia giurisdizione … »

«Ma non è così. È vero, il nostro reparto non ricade sotto il territorio del tuo commissariato, ma la donna deve essere stata picchiata in casa, e la sua casa è pienamente sotto la tua giurisdizione, visto che è in Borgo Crimea.»

«Allora il medico avrebbe dovuto mandarci la segnalazione ufficiale.»

«Infatti è proprio quello che è successo. Non hai aperto l'indirizzo di posta istituzionale del tuo commissariato?»

«No, non ancora. Di solito lo faccio quando gli uffici hanno iniziato l'attività.»

«Beh, fallo. Te l'ha mandata il dottor Marini, che è uno in gamba.»

«Lo farò. Poi mi converrà andare nel vostro reparto a prendere la documentazione dei due precedenti accessi, cosa dici?»

«Non serve, se vieni da me ho tutto in casa.»

«Sei in casa adesso?»

«No, però alle otto smonto, magari il tempo di fare una doccia, e per le nove sono tutta per te.»

«Aspetta un attimo: puoi portare dei documenti fuori dal reparto?»

«Casomai sarebbero le fotocopie dei documenti. E poi, cosa intendi chiedendo se posso? Vuoi dire se la legge me lo permette, o se ne sono capace nonostante la legge non me lo permetta?»

«Capito, chiudiamo qui questa telefonata, che è meglio. Ci si vede tra un'oretta a casa tua.»

«Perfetto, ma prima vorrei darti qualche dato sulla signora, così magari puoi fare una ricerca prima di venire da me.»

«Sei curiosa anche tu, eh?»

«Non si tratta di curiosità, e lo sai benissimo.»

«Lo so. Tu sei una che se la prende a cuore, ed è questo che fa di te una brava infermiera. Intesi, allora, dammi quelle informazioni. Un'ora non è molto, ma cercheremo di scovare qualcosa di utile.»

«Se vuoi prenderti più tempo, non preoccuparti che da qui non scappo.»

«No, non serve. Senti, ti spiace se porto con me una mia collaboratrice? È giovane, ma in gamba.»

«Se tu ti fidi, mi fido anch'io. A presto, Pietro.»

*

«Allora, Chiara, adesso vorrei che mi ascoltassi attentamente.» Miccoli guardò la donna seduta di fronte a lui, dall'altro lato della scrivania, che alle sue parole annuì, seria. Le piaceva molto, ma non in senso biblico, perché per quello gli bastava la moglie, palermitana e appassionata come lui e ancora capace di, come dire, ricordargli che lui era un maschio, e che era sempre pronta a soddisfare le sue legittime esigenze coniugali.

No, Chiara le piaceva perché aveva capito fin da subito che in lei ardeva il fuoco della giustizia, quel quid che fa di un tutore dell'ordine una persona dedita al suo lavoro e impegnata a impedire che succedano tante brutte cose, che spesso sono evitabili se chi è incaricato di prevenirle fa il proprio dovere con coscienza. Non basta indossare una divisa o esibire un distintivo, per avere quelle caratteristiche, perché ci sono anche quelli che sbrigano le loro incombenze solo per portare sul tavolo la pagnotta tutti i giorni.

Ma Chiara non era così, lo si vedeva subito. Ecco perché lei era la seconda ragione per cui lui veniva in ufficio prima di ogni altro agente: aveva tante cose da insegnarle, e quindi avevano raggiunto l'accordo che entrambi avrebbero cercato di essere in servizio prima delle otto, in modo che potessero parlare un po' insieme e senza nessuno in giro. Era il suo supervisore, dopotutto.

«Come sai mi ha chiamato un'amica. Si chiama Vittoria Martini, ed è un'infermiera del reparto di pronto soccorso. È per una donna che si è presentata con i segni di un evidente pestaggio; ma lei dice di essere caduta dalle scale.»

Chiara fece una smorfia. «Che schifo. Mi chiedo quando certe mogli impareranno che coprire le nefandezze dei loro uomini è una cosa incredibilmente stupida; serve solo a incoraggiarli a continuare.»

«Non essere troppo dura con queste donne. Loro sono le vittime, dopotutto.»

«In una certa misura sono anche complici, però,» ribatté lei infervorata.

«Beh, allora immagino che questa possa essere la mia prima lezione di oggi per te: sforzarsi sempre di vedere il punto di vista degli altri. Tu non conosci questa donna in particolare, come non la conosco io, ma ci possono essere tanti motivi dietro alla sua arrendevolezza. Forse ha figli, che vuole proteggere. Forse il marito è malato e non riesce a trattenersi, forse è lei che è malata al punto da esasperare tutti.»

Chiara era allibita. «Giustificheresti un pestaggio in base a queste motivazioni?»

Miccoli scosse la testa. «Io non giustifico e soprattutto non giudico. Quello non spetta a noi, ma alla magistratura. Io cerco solo di capire. Perché se non capisci cosa scatena un comportamento improprio hai meno possibilità di impedirne altri simili in futuro.»

«Solo capire? Tutto qui?»

«No, naturalmente. Dobbiamo anche cercare le prove in modo da poter incriminare, se è il caso.»

«Non penso di essere del tutto d'accordo, ma per ora lasciamo perdere. Sei tu quello che comanda, qui. E allora, cosa facciamo al riguardo? Sempre che possiamo fare qualcosa, ovviamente.»

«E perché non potremmo, scusa?»

«Beh, ma perché qui ci occupiamo di denunce e di polizia amministrativa, come sai. La repressione dei reati spetta alla polizia giudiziaria; magari non siamo nemmeno in grado di intervenire efficacemente.»

«Non dire cavolate, la prevenzione dei reati spetta a qualunque ufficiale di polizia che ne sia incaricato, e comunque per il momento siamo solo in una fase preliminare. Comunque è ovvio che adesso farò una chiamata in procura per chiedere l'autorizzazione a procedere, ma sono sicuro che mi verrà concessa senza problemi. E adesso ti do un po' di dati che Vittoria mi ha passato sulla donna, così tu farai qualche ricerca veloce sulla famiglia. Poi andremo da Vittoria con un po' di informazioni in mano e un quadro più chiaro della situazione; dopo averla sentita decideremo la linea d'azione.»

«Vengo anch'io?»

«Ma certo. Altrimenti come impari? E prima che tu possa pensare che io mi stia gasando, voglio spiegarti bene che cosa intendo: non voglio dire che imparerai da me perché sono bravo io, ma che imparerai dalla situazione in cui ti troverai. E più la faccenda sarà incasinata e difficile da risolvere, più ti sarà utile per il tuo futuro. E anche, credo, per il tuo esame.»

«Intesi, Pietro. E grazie per la fiducia.»

CAPITOLO 2

Alle otto e ventidue erano arrivati alcuni degli agenti che si occupavano dei due uffici di quel commissariato: l'ufficio denunce e quello di polizia amministrativa. C'era qualche minuto ancora prima dell'apertura al pubblico, e Miccoli chiese a Chiara se avesse quanto poteva servire. Lei rispose che aveva scaricato dalla rete già abbastanza materiale, e quindi si ritrovarono nuovamente alla scrivania di lui.

«Allora, rieccoci qui,» disse Chiara. «Se permetti, ricapitolerei le informazioni in nostro possesso. Come mi hai detto tu, la donna si chiama Marta Michelini, ha trentaquattro anni, e abita in corso Fiume, nel quartiere di Borgo Crimea, quindi pienamente dentro la nostra giurisdizione. La tua amica Vittoria dice che il marito l'ha accompagnata solo nelle ultime due occasioni. La prima volta la signora Michelini è venuta da sola, a piedi, ed è successo più o meno un anno fa: aveva lividi su tutto il corpo e una lieve commozione cerebrale. La seconda volta due mesi fa, con un polso slogato. Beh, già qui c'è un discreto campanello d'allarme: difficile slogarsi il polso cadendo dalle scale, no?»

«Direi di sì. Ma queste sono le cose che ho già saputo da Vittoria; cosa hai trovato di nuovo?»

«Qualche dato sulla famiglia, per il momento. Il marito si chiama Piercarlo

Fortini, ha trentasei anni e fa il capo contabile in un'azienda locale con una ventina di dipendenti, la quale si occupa di servizi industriali; in pratica forniscono esperti nel campo della sicurezza, informatica ma non solo, a quelle industrie, enti o organizzazioni di vario tipo che ne facciano richiesta.»

«E la moglie, lavora?»

«No, non attualmente. Ha fatto qualcosa negli anni passati, come la commessa in un negozio di prodotti per la cura della persona, soprattutto cosmetici e profumi, e poi la cameriera in un bar, ma sempre per periodi di tempo limitati. Poi c'è la figlia, Marianna, di otto anni, che ovviamente va alle elementari.»

«Bene. Se le cose stanno così possiamo sperare di trovare la moglie da sola, se andiamo stamattina.»

«Immagino di sì, anche se non so che turni faccia il marito.»

«Quando avremo finito da Vittoria saranno almeno le nove, quindi direi che andiamo sul sicuro.»

«C'è un'altra cosa che riguarda il marito: guida una Mercedes da sessantamila euro, mentre Marta non ha nemmeno la patente.»

«Ah, sì? Strano, non corrisponde molto all'idea che mi ero fatta; di solito questi episodi si verificano in ambienti degradati. Il possesso di un'automobile da sessantamila euro non punta in questa direzione.»

«Pensi che ci sia sotto più di quello che appare?»

«Adesso non andare a immaginare chissà quale mistero. Può darsi che quello sia uno che spende tutto quello che guadagna per la macchina, vista come prolungamento del pisello, e magari vive in affitto in un buco. In ogni caso limitiamoci alla sospetta violenza domestica, che è anche l'unica materia su cui indagare, secondo l'incarico conferitomi dal procuratore Merlin.»

«D'accordo, Pietro. Allora, andiamo?»

*

Miccoli parcheggiò la sua Audi in via Cristoforo Colombo, nel quartiere Crocetta. L'appartamento dell'infermiera era al pianterreno, e quando quest'ultima venne ad aprire fissò subito lo sguardo su Chiara. L'uomo fece le presentazioni, e le due donne si studiarono a vicenda; soddisfatta dell'esame, la Martini fece un sorriso cordiale e indicò loro il salotto.

Chiese loro se gradissero qualcosa da bere, ma la risposta fu negativa da parte di entrambi i suoi ospiti.

Vittoria Martini era una donna ancora attraente, nonostante fosse vicina alla sessantina, ed era evidente che si teneva in forma: la sua muscolatura era tonica e non aveva un filo di grasso. Non si tingeva i capelli, che erano di una colore grigio argento e pettinati molto bene.

Seduta con lei e Miccoli sul divano del salotto di Vittoria, Chiara fissò per alcuni istanti la capigliatura della donna che le stava di fronte. La voce dell'infermiera la distolse dalla contemplazione. «Vanno di moda anche tra le giovani, sa.»

«Come dice, scusi?»

«I capelli grigi. Ci sono tante giovani che se li tingono di questo colore spendendo un sacco di soldi. E io ho la fortuna di averli così al naturale.»

Chiara arrossì leggermente. «Mi scusi, sono stata indiscreta, a fissarla così. Comunque lei è la dimostrazione che si può essere belle ad ogni età. Spero di diventare come lei, quando sarò più … voglio dire, meno giovane.»

Vittoria scoppiò in una risata cristallina. «Parola mia, Pietro, questa ragazza mi piace già un sacco. Sei fortunato ad averla come collaboratrice.»

«Chissà?» Rispose Miccoli. «Lo scopriremo vivendo. Allora, Vittoria, cosa puoi dirci di questa Marta Michelini?»

«Come sai, è venuta tre volte, ma io non ero presente alla seconda. Circa un anno fa si presentò con lividi e una botta in testa. Ricordo che mi colpì il fatto che continuava a ripetere che era caduta dalle scale, prima ancora che glielo chiedessimo. Sembrava quasi che la sua preoccupazione maggiore fosse quella di coprire il marito.»

«In effetti, è un po' strano,» disse Miccoli. «Se voleva tenere al sicuro il marito, perché è venuta a farsi vedere? In fondo non era in pericolo di vita.»

«Credo che la causa sia stata la botta in testa. Quei colpi lì sono delle bestie strane, a volte sembrano innocui e ti fanno andare in coma, a volte invece ti sembra di essere sul punto di tirare le cuoia, e dopo mezz'ora ti sei ripreso. Probabilmente l'ha presa bella forte, forse ha avuto nausee o capogiri. Si sarà spaventata, avrà pensato che magari stava per morire; in quella occasione non mi è sembrata una persona molto acuta, e questo indipendentemente dallo stordimento che il colpo può averle causato.»

«Comunque non c'è stata la segnalazione all'autorità di polizia, in questo primo caso.»

«No. La commozione cerebrale era lieve, o addirittura un po' dubbia, e i lividi sono stati giudicati guaribili in meno di venti giorni, che è il discrimine per la perseguibilità d'ufficio. E in ogni caso è il medico che decide.»

«Per carità, Vittoria, scusami se ti ho lasciato l'impressione che volessi criticare il tuo operato. Parlami invece di quello che è capitato un paio di mesi fa.»

«Come ti ho detto, io non ero presente. Marta era stata presa in carico per un polso slogato.»

«Esatto. Prima io e Chiara ne abbiamo discusso, e ci è sembrato strano che ci si potesse slogare il polso cadendo dalle scale.»

«Lei dice che ha tentato di frenare la caduta aggrappandosi con la mano alla ringhiera, e procurandosi così quel tipo di lesione.»

«Però stavolta c'è stata la segnalazione.»

«Sì, c'è stata, ma chi è andato a controllare evidentemente ha creduto a quanto detto dal marito e dalla moglie.»

«Dovresti acquisire il rapporto del funzionario di polizia che ha svolto il sopralluogo,» interloquì Chiara, rivolgendosi a Miccoli.

«Lo farò di sicuro, anche se immagino si sia trattato di qualcuno mandato direttamente dalla questura centrale, che però in quel periodo era impegnata con quella storia dei baby spacciatori. Immagino che non ci si sia impegnati più di tanto proprio per quel motivo. Comunque lo so cosa devo fare, Chiara, grazie.»

«Scusa, non voglio certo insegnarti il mestiere,» disse lei, arrossendo un po'.

«Figurati.» Poi l'uomo tornò a rivolgere la sua attenzione all'infermiera. «Scusa l'interruzione, Vittoria, vai pure avanti.»

«Certo. Beh, direi che la terza volta è stata la peggiore, e per fortuna sono stata io ad occuparmene. Il medico era già deciso a fare la segnalazione, ma gli ho anche detto di scrivere esplicitamente nella lettera di dimissioni che il fatto è avvenuto in casa, a quello specifico indirizzo, e in tal modo ho creato un appiglio per far intervenire voi. Altrimenti lui l'avrebbe mandata in questura, verosimilmente.»

«Raccontaci un po' di quella volta, allora.»

«Lei me la ricordavo da un anno prima. È vero, mi passano davanti migliaia di pazienti, ma lei è una difficile da dimenticare. Una donna molto bella, con un viso particolare, ma nonostante questo con un'aria infelice. Come ho detto, difficile dimenticarsene.»

«Ti ha detto qualcosa di specifico?»

«No, l'unica cosa rilevante era che continuava a ripetere, come la prima volta, che era stata sbadata. Stavolta però sembrava più impaurita di un anno fa, e il motivo era evidente.»

«La presenza del marito,» disse Chiara.

«Esatto, figliola. Quell'uomo mi ha fatto un'impressione pessima. La soggezione di Marta nei suoi confronti era palese. Eppure lui non mi è sembrato un gran che.»

«In che senso, scusi?»

«Non so bene come spiegarmi … non mi ha dato l'impressione di avere una personalità forte; come se di fronte al resto del mondo lui fosse uno che non sa farsi valere, o addirittura che subisce gli altri, mentre poi si rifà vessando la moglie.»

«Insomma, la classica merdaccia,» disse Miccoli, disgustato. «Forte con i deboli, debole con i forti. Che schifo, questi individui. E lui cosa disse?»

«È stato lui, in realtà, a descrivere per esteso la dinamica dell'incidente, la moglie si limitava a confermare; ma evidentemente avrebbe confermato ogni parola anche se Fortini avesse detto di essere la reincarnazione di Gesù Cristo.»

«Mi rendo conto. E come sarebbero andate le cose, secondo lui?»

«Ecco qui,» disse Vittoria, alzandosi e tirando fuori una cartellina dallo sportello di una credenza. «I rapporti dei tre incidenti occorsi a Marta Michelini. Niente di speciale neanche nel terzo infortunio, comunque: la caduta avrebbe avuto luogo alle ventidue circa, e dopo venti minuti i due erano di fronte a me, in reparto. A sentire lui quella povera disgraziata stava portando giù un sacco di immondizia, ed è scivolata in corrispondenza dell'ultima rampa di scale prima di arrivare al portone d'entrata. Loro abitano al secondo piano.»

«Le ventidue, eh? Proprio l'orario giusto per portare fuori l'immondizia. Comunque immagino che non ci siano testimoni.»

«Solo lui, che sarebbe stato subito dietro la moglie con un altro sacco di spazzatura.»

«Va bene, Vittoria. Della seconda … caduta dalle scale, chiamiamola così, tu non hai conoscenza diretta, no?»

«No, ma ho avuto subito il sospetto che, oltre alle due di cui ero a conoscenza direttamente, ce ne potessero essere delle altre, e così sono andata a vedere se Marta fosse stata ricoverata altre volte in pronto soccorso, e ho trovato la pratica di quando era venuta per la slogatura del polso.»

Chiara intervenne, come colpita da un'idea. «C'è modo di sapere se Marta sia passata per altri reparti, di altri ospedali?»

«Certo che c'è. Non sono mica nata ieri, sa? Ho verificato il database regionale, e la risposta è no. Marta non ha avuto altri incidenti di questo tipo negli ultimi quindici anni, cioè da quando i dati hanno cominciato ad essere digitalizzati. O almeno, non è successo qui in Piemonte.»

«Vediamo un po',» disse Miccoli aprendo l'incartamento del secondo incidente. «Qui dice che l'infermiera si chiamava Luisa Bellini. Le hai parlato?»

«Sì, ma non si ricorda niente di utile. È una di quelle persone che fanno il loro lavoro, magari anche bene, ma quando sono tornate a casa resettano tutto.»

«E il dottore? Si chiama Sandri, vedo.»

«Ho parlato anche a lui, e si ricorda qualcosa, ma non ha avuto niente di rilevante da aggiungere rispetto a quello che potete leggere su quei documenti. Però ha fatto la segnalazione, visto che un polso slogato è considerato un danno relativamente importante.»

Miccoli e Chiara si alzarono. «Grazie, Vittoria. Vedremo se sarà possibile fare qualcosa, ma sai come si dice: aiutati che il ciel t'aiuta. E l'impressione che emerge da tutto questo è che Marta Michelini non voglia per niente essere aiutata.»

12

Un sorriso amaro e un lento annuire furono l'unica risposta di Vittoria Martini.

*

Qualche minuto dopo Miccoli guidava la sua vecchia Audi verso il quartiere Borgo Crimea; con la coda dell'occhio vide Chiara che lanciava uno sguardo allo schermo del suo *smartphone*, per poi emettere un sospiro di delusione.

L'uomo allora le chiese: «Che faccia scura hai. È successo qualcosa?»

Chiara rispose a denti stretti. «Sai che avevo richiesto il rapporto sul sopralluogo in casa Fortini in seguito alla segnalazione per l'infortunio al polso.»

«Ebbene?»

«Ebbene, tale rapporto è a firma Michele Giraudo. Per ora è l'unica cosa che possono dirmi, per il resto dovremo andare di persona in questura, temo.»

«Michele, cioè il tuo ragazzo? E c'è solo la sua firma?»

«Solo la sua, sì. Ovviamente anche lui ha un supervisore, il commissario capo Maier, che però non risulta essere stato presente in quel frangente.»

«Capisco. Devo farmi un appunto di chiedere a Maier come stanno le cose, e ovviamente andremo a recuperare una copia del rapporto. Ma per il momento non pensarci, vedrai che ci sarà una spiegazione razionale a tutto questo.»

«Lo spero, ma non ti nascondo che la scoperta mi ha tolto un po' di entusiasmo.»

Miccoli annuì, ma non disse altro. Conosceva anche lui Michele Giraudo, un ragazzo originario di Cuneo un po' spaccone, ma non certo cattivo, che si trovava in una situazione analoga a quella di Chiara: entrambi vicecommissari, avevano seguito i corsi della Scuola superiore di polizia, a Roma, e ora stavano completando il tirocinio pratico, in attesa di sostenere in autunno l'esame per diventare commissari. Lui aveva avuto più fortuna, probabilmente, perché gli era stato riservato un posto di tirocinante in questura, e addirittura nella squadra mobile; per la precisione nella terza sezione, quella che si occupa di reati contro la persona. A Chiara era stato invece assegnato un commissariato periferico, ma a suo credito si poteva dire che lei non se ne era mai lamentata.

CAPITOLO 3

Dopo aver parcheggiato si avvicinarono al portone dello stabile corrispondente all'indirizzo che avevano, un palazzo di appartamenti a sei piani di livello medio-alto. C'era addirittura un cortile interno che fungeva da parcheggio. Non fu necessario suonare al citofono fuori dall'entrata perché proprio in quel momento qualcuno stava uscendo, e loro ne approfittarono per entrare. La famiglia Fortini stava al secondo piano, e i due poliziotti salirono usando le scale.

Miccoli strizzò l'occhio a Chiara. «Se la signora non si aspetta la nostra visita è meglio. Non avrà tempo per prepararsi una storia convincente.»

«Ci mentirà comunque.»

«Certo che lo farà. Ma potrebbe essere più facile per noi prenderla in castagna, a meno che non sia un'attrice professionista.»

*

Suonarono alla porta, e la donna venne ad aprire. Vedendo le divise e i distintivi, spalancò gli occhi e impallidì leggermente, rendendo ancora più evidenti i lividi al labbro e all'occhio. Decisamente non un'attrice professionista, anche se era senz'altro una bella donna. Nonostante i capelli castani non fossero certo pettinati all'ultimo grido, non avesse un filo di

14

trucco, un labbro gonfio e un occhio pesto, emanava un fascino indiscutibile. «Desiderate?» Chiese con voce ansiosa.

«Miccoli e Paradisi, del commissariato di Borgo Po,» disse l'uomo, presentando sé stesso e la collega. «Ha qualche minuto per noi, signora Michelini?»

«Di che cosa si tratta?»

Chiara si fece avanti. «Saremmo più comodi a parlarne dentro, signora.»

La donna ebbe un tremito. «Sì, naturalmente. Prego, entrate,» disse, scostandosi per lasciarli passare. Erano evidenti i suoi sforzi per evitare movimenti bruschi, evidentemente perché le costole incrinate richiedevano una certa cautela.

*

L'appartamento apparve subito loro come spazioso, in effetti molto più di come se l'erano immaginato; solo il salotto dove si sedettero doveva essere ampio almeno quaranta metri quadrati, e l'arredamento dava l'impressione di essere molto costoso. Il cuoio delle poltrone su cui si sedettero era morbidissimo ed odorava di nuovo. Tuttavia Marta Michelini scelse per sé una sedia in legno, rimanendo con le natiche appoggiate sul bordo della stessa; nel sedersi, comunque, non riuscì ad evitare una smorfia di dolore.

«Beh, signora, le faccio i miei più sinceri complimenti,» disse Chiara. «È veramente una bella casa, la sua, arredata con gusto. Le posso chiedere dove ha comprato i mobili?»

La domanda la allarmò. «Non lo so, mi dispiace. Si è occupato di tutto mio marito.»

«Capisco,» rispose Chiara, anche se in realtà le sembrava insolito che un uomo si occupasse di queste cose, e per giunta senza nemmeno interpellare la moglie. «E immagino che l'appartamento sia di vostra proprietà.»

«Certo, l'abbiamo comprato. Cioè, per essere precisi l'ha comprato mio marito. Perché?»

La poliziotta fece un gesto di noncuranza. «Oh, non si preoccupi. La mia era solo curiosità. In realtà, siamo qui per altri motivi.»

Marta Michelini abbassò la testa. «Sì, lo immaginavo.»

Chiara si girò verso il suo superiore, invitandolo con un gesto della mano a continuare l'interrogatorio, ma lui fece no con la testa e ripeté il gesto che gli aveva appena fatto la collega.

Chiara sorrise leggermente, si schiarì la voce e riprese a parlare. «Signora, è la terza volta che lei si reca al pronto soccorso per aver subito delle lesioni.»

La donna fece una risatina nervosa. «Eh, già. Sono proprio sbadata, quando scendo le scale.»

«Eppure non si direbbe che ci siano particolari pericoli, su quelle scale. Adesso le abbiamo usate anche noi, per salire. Ci sono gli inserti gommati, quindi non sono certo scivolose. E c'è una ringhiera comoda a cui tenersi.»

La donna si agitò. «Non mi credete?»

«Vede, signora Michelini, in situazioni come questa siamo obbligati a intervenire, qualsiasi sia la convinzione che possiamo esserci formati. Certo, se dovessi dare un parere personale, non potrei fare a meno di pensare che tutti questi danni fisici che lei ha subito sono un po' troppi.»

Marta estrasse un fazzoletto di cotone dalla tasca e cominciò a torcerlo. «Eppure vi sto dicendo la verità. Come posso fare per convincervi?»

«Beh, per intanto limitiamoci a raccogliere un po' di informazioni. Immagino che tutti e tre gli incidenti siano avvenuti mentre lei scendeva le scale, giusto? Sa, statisticamente è così che succede, è più improbabile perdere l'equilibrio mentre si sta salendo.»

«Sì, è così. Per quanto riguarda il polso slogato, questo l'ho già detto al vostro collega.»

«Già, certo. Tra l'altro, vedo qui la lettera di dimissioni del reparto di pronto soccorso. In questo caso, dopo essersi slogata il polso, lei aveva dichiarato all'infermiera del triage di essersi aggrappata alla ringhiera delle scale mentre stava andando a fare la spesa, per tentare di fermare la caduta, e questa azione le aveva provocato la lesione del legamento collaterale ulnare del polso sinistro.»

«Esatto, è proprio così che è andata.»

«E nessuno ha assistito al fatto?»

«No, non c'era nessuno sulle scale, in quel momento.»

«D'accordo. Allora, veniamo all'ultimo infortunio, occorso ieri. Lei e suo marito stavate portando fuori l'immondizia.»

«Sì, esatto.»

«Come mai ne avevate due sacchetti? Io per esempio porto fuori ogni sacchetto quando è pieno, quindi non ne ho mai due in casa.»

La donna spalancò gli occhi, non sapendo cosa rispondere. «Mi ero dimenticata di farlo prima,» disse poi di getto.

Chiara le sorrise. «Si era dimenticata, capisco. E lei non aveva paura ad uscire di notte, alle ventidue, per fare quel lavoretto?»

«No, c'era mio marito con me.»

«Già, giusto. Il sacco era pesante?»

«No, non molto, perché?»

Chiara alzò le spalle. «Non so, mi chiedevo se non fosse stato il peso del sacco a farla sbilanciare e di conseguenza cadere.»

«Ah, sì. Adesso che ci penso, era abbastanza pesante.»

«E perché non ha preso l'ascensore, in tal caso? Anzi, forse dovrebbe usarlo regolarmente, per evitare altri capitomboli in futuro.»

«Beh, sa, sono solo due piani, e l'ascensore è vecchio e lento. Di solito lo prendo solo per salire, per esempio quando ho delle borse della spesa pesanti.»

«Capisco. Tuttavia bisognerebbe capire meglio le cause di questi incidenti. Per esempio, ha problemi di deambulazione, signora? Qualche disturbo che le fa perdere l'equilibrio, come per esempio una labirintite? Pressione bassa, o sbalzi di pressione?»

«No, io … forse.»

«Come dice, scusi?»

«Ecco, non so. Volevo dire che magari ho qualcuna delle cose che ha detto lei, ma non me l'hanno ancora trovata. No, come si dice … »

«Diagnosticata.»

«Sì, ecco, appunto. Anche il dottore che mi ha visitata ieri sera mi ha raccomandato di fare accertamenti.»

«Bene, direi che è un'ottima idea.»

La donna annuì; sembrava quasi sollevata. Chiara fece una breve pausa, poi le chiese: «Potrebbe dirci che lavoro fa suo marito, signora?»

La domanda la sorprese. «Fa il contabile in un'azienda privata.»

«Capisco. E guadagna molto, immagino.»

Marta si allarmò di nuovo. «No! Cioè, sì, abbastanza, ma non tantissimo. Ma perché questa domanda?»

«Oh, è ancora solo la mia curiosità. Sa, mi chiedevo se potrò mai permettermi una casa come la vostra. Temo di no, purtroppo.»

«Ma guardi che abbiamo ancora il mutuo da pagare, non è che navighiamo nell'oro neppure noi.»

Chiara annuì, poi tossì leggermente. «Accidenti. Mi scusi, signora Michelini, ho la gola secca. Sarebbe tanto gentile da portarmi un bicchiere d'acqua?»

«Oh. Sì, certo,» rispose la donna alzandosi lentamente. Dopo aver fatto qualche passo si bloccò, come colta da un ripensamento, e si rivolse a Miccoli. «Desidera qualcosa anche lei?»

L'uomo sorrise. «No, grazie, io sono a posto.»

Nei pochi istanti che furono soli Chiara estrasse il cellulare e scattò quattro o cinque foto alla mobilia, ai quadri e ai lampadari, poi lestamente lo rimise in tasca. Quando la donna tornò, la ringraziò e bevve l'acqua. Poi, deposto il bicchiere su un tavolino di cristallo, si rivolse al collega. «C'è qualcos'altro che a suo parere dovremmo approfondire, commissario capo?»

L'uomo finse di concentrarsi. «No, vicecommissario, non mi viene in mente altro. Consiglierei quindi alla signora Michelini di consultare qualche specialista per verificare se le sue difficoltà nel fare le scale non siano dovute a qualche problematica di tipo medico.»

Sul viso di Marta Michelini, bello benché deturpato dai colpi ricevuti, comparve un genuino sollievo. «Grazie, seguirò senz'altro il vostro consiglio.»

I due poliziotti le lasciarono i loro recapiti telefonici, poi si alzarono e se ne andarono.

*

«Allora, dimmi le tue impressioni, Chiara,» chiese Miccoli quando furono in macchina.

«Beh, che sia una bugiarda non te lo dico nemmeno, tanto è evidente. Tanto per dirne una, come ha fatto a slogarsi il polso sinistro, se per chi scende dalle scale di quella casa la ringhiera è sulla destra?»

«L'hai notato anche tu? Bene, hai occhio per i dettagli.»

«Grazie, capo. Ma direi che abbiamo scoperto che è anche una persona di non eccezionale cultura e intelligenza, nonché di notevole bellezza. E del tutto sottomessa al marito, che a quanto pare si è anche occupato dell'arredamento.»

«La cosa principale per quanto ci riguarda è che ormai è evidente che il marito la picchia. Ma non ho capito bene perché hai scattato quelle fotografie.»

«Non lo so, mi è sembrato che un semplice contabile di un'azienda di medie dimensioni non dovrebbe potersi permettere una casa così. Ho intenzione di chiedere a qualche esperto quanto può costare tutta quella roba di gran classe. E poi, hai visto che si è spaventata quando le ho chiesto quanto guadagna suo marito?»

«Ti ricordo che siamo alle prese con un problema di violenza domestica.»

«Può darsi, e allora? Se lui è violento con la moglie, può darsi che sia anche un ladro. È un contabile, magari ha trovato un modo per arricchirsi alle spalle dell'azienda per cui lavora.»

«Non so, preferirei che ci concentrassimo sul discorso di partenza, ma non penso che sia il caso di ordinartelo, e nemmeno di chiedertelo per favore; tanto so che non mi ascolteresti.»

«Scusami, Pietro, ma quando vedo certe cose non riesco a far finta di niente.»

«Non preoccuparti, ti capisco. Dentro di te arde il sacro fuoco della giustizia; la fiamma forse si abbasserà un po', man mano che il passare degli anni ti farà diventare più saggia e razionale, ma tu non dovrai mai permettere che si spenga.»

Lei lo guardò, un po' confusa e imbarazzata. «Immagino che sia un complimento.»

«Un complimento e un incoraggiamento, soprattutto. Sei in gamba, ragazza. Sapevo che lasciare a te la conduzione dell'interrogatorio sarebbe stata la cosa giusta da fare. Attenzione, però, è anche un avvertimento.»

«In che senso, un avvertimento?»

«Non lasciare la fiamma troppo alta, altrimenti ti brucerà in fretta. Come le stelle più luminose, che durano meno delle altre.»

«Grazie del consiglio. Hai un bell'animo poetico, comunque; chi se lo sarebbe immaginato?»

*

Salirono in macchina, ma prima ancora che partissero Chiara si schiarì la voce. «Scusa, Pietro, potresti aspettare un attimo a partire?»

Lui evitò di inserire la chiave nell'accensione, dopo di che le lanciò uno sguardo interrogativo.

La giovane donna gli disse, un po' imbarazzata: «Scusa, ho cambiato idea. Invece di tornare in commissariato volevo chiederti il permesso di fare qualche domanda in giro per conto mio.»

«Ah. E dove vorresti andare, di preciso?»

«Nei posti dove Marta Michelini ha lavorato negli anni scorsi.»

«E con quale scopo?»

«Voglio capire se l'hanno mandata via i suoi datori di lavoro o se si è licenziata lei, e perché.»

«E questo come potrebbe esserci utile, ai fini del caso che stiamo seguendo?»

«Non lo so di preciso, ma voglio avere un quadro completo della situazione. Ci sono dei punti oscuri in quella famiglia, non si tratta di un semplice caso di violenza domestica, secondo me. Io credo anche che Marta sia succube del marito, in tutti i sensi, e che possa essere stato lui a costringerla a dimettersi.»

«Ma tu hai visto la loro casa, no? Evidentemente hanno un reddito alto, e non hanno affatto bisogno di uno stipendio da cameriera.»

«Un lavoro non è solo uno stipendio, Pietro. È la possibilità di conoscere gente nuova, di impiegare il proprio tempo in modo produttivo; e anche di crearsi un minimo di indipendenza economica, perché no? In una parola, di sentirsi realizzati.»

«Anche un lavoro da cameriera o da commessa?»

«Certo. Anche un lavoro così.»

Lui rimase un attimo in silenzio, poi disse: «Ti rendi conto che ci siamo stupiti quando abbiamo rilevato l'anomalia del tuo ragazzo che ha compilato un rapporto senza il suo supervisore? E tu ora mi chiedi di fare lo stesso?»

«Ma quella era un'indagine ufficiale in seguito ad una segnalazione del pronto soccorso. Io ti chiedo solo di lasciarmi fare due chiacchiere con alcune persone, a livello del tutto informale.»

Lui infine annuì, ma senza che il suo volto lasciasse trasparire nessuno dei suoi pensieri, e parlò con voce anch'essa inespressiva. «Se sei convinta che la cosa ti sia utile, d'accordo. Ti accompagno io, se vuoi.»

«Grazie, ma i posti dove ho intenzione di andare non sono lontani, e tu hai già perso troppo tempo; andrò a piedi.»

«D'accordo, allora vai pure.»

Lei scese dopo averlo fissato di nuovo attentamente per cercare di capire se approvasse o meno le sue intenzioni, ma lui rimase una sfinge.

CAPITOLO 4

La profumeria *Dama delle camelie* si trovava in via della Rocca, e per arrivarci la poliziotta dovette attraversare il Po sul ponte Umberto I. Quando giunse in vista del negozio stimò che dalla casa di Marta ci fossero circa seicento metri e meno di dieci minuti a piedi, camminando di buon passo. Entrò nel negozio, constatando che erano presenti quattro persone, due signore che venivano servite in quel momento e due venditrici.

Chiara aspettò pazientemente che concludessero, poi si avvicinò al banco, puntando alla più anziana delle due. «Buongiorno. Sono il vicecommissario Paradisi, del commissariato di Borgo Po. Avrei bisogno di farle qualche domanda.»

«Naturalmente,» disse la donna, sorridendo. «Io sono la titolare e mi chiamo Rossana, dica pure.»

La donna aveva i capelli biondi tinti, tenuti molto corti, e dimostrava una quarantina d'anni; non appariva nervosa, mentre la più giovane, una castana naturale sulla ventina, lanciava continuamente occhiate ansiose nella loro direzione. Effetto della divisa, evidentemente.

Chiara sorrise a sua volta. «Ecco, mi risulta che due anni fa abbia lavorato qui, anche se solo per meno di tre mesi, una certa Marta Michelini. Lei la conosceva?»

La sua espressione cambiò, passando da una cortese indifferenza ad un vivo interesse. «Marta? Certo che la conosco. Una donna bellissima, proprio adatta a fare questo mestiere; e le piaceva molto, anche.»

«Ci sapeva fare, con i clienti?»

«Eccome. Era spigliata e metteva le persone a loro agio. E poi sa com'è, in questo lavoro molte clienti tendono a pensare che, se una bella donna consiglia loro un certo profumo, questo servirà a renderle a loro volta attraenti. Un meccanismo psicologico assurdo, se vogliamo, ma che funziona.»

Chiara annuì. «Sì, certo. Io ho conosciuto la signora Michelini proprio stamattina; niente da dire sul fatto che sia una bella donna, ovviamente. Ma l'ho trovata anche una persona, come dire ... un po' semplice.»

Rossana ridacchiò, un po' a disagio. «Non proprio una mente acutissima, intende? Sa, non ha mai avuto la possibilità di studiare, e l'intelligenza si incrementa esercitandola; ma non è affatto stupida come potrebbe sembrare. Forse non faceva parte del Mensa club, ma comunque qui non ne aveva bisogno. Qui era nel suo ambiente, e si trovava bene.»

«Mi sta dicendo che in questo posto si sentiva realizzata.»

La donna rifletté un attimo. «Realizzata, dice? Sì, direi di sì. È il termine giusto.»

«E allora perché se n'è andata?»

«Ah, ecco dove voleva arrivare. Mi scusi però, se è vero che l'ha incontrata stamattina, perché non l'ha chiesto direttamente a lei?»

Chiara fece una pausa. «La signora non era in vena di essere sincera con le forze dell'ordine, oggi.»

«Senta, perché non mi dice che cosa sta succedendo? Mi piace Marta, eravamo amiche, e vorrei sapere se si trova nei guai.»

Chiara si guardò in giro, notando che era arrivata un'altra cliente. «Non so se posso ... sono cose un po' delicate.»

«Capisco; venga con me in ufficio.» Poi si rivolse alla collega. «Jenny, puoi sbrigartela tu qui per dieci minuti, vero?» La ragazza si limitò ad annuire.

*

Il cosiddetto ufficio era un bugigattolo di meno di cinque metri quadri, quanto bastava per due vecchie sedie e un armadio metallico chiuso. «Mi rendo conto che non è il massimo della comodità, ma almeno qui nessuno ci sentirà,» si scusò Rossana.

«Non si preoccupi,» ribatté Chiara. «Solo che non sono sicura di poterle dire tutto quello che lei vorrebbe sapere.»

«Le do la mia parola che non dirò niente a nessuno di quello che vorrà confidarmi.»

«Va bene, ma le raccomando la massima discrezione. Credo che il marito di Marta la picchi. È stata tre volte al pronto soccorso.»

«Quel figlio di puttana!» Proruppe Rossana. «L'ho capito subito che quello è un grandissimo bastardo.»

«Lei ha conosciuto il signor Fortini?»

«Certo. Veniva qui a prendere Marta, qualche volta, e non l'ho mai visto sorridere, né alla moglie né a nessun altro.»

«E Marta si è mai confidata con lei al riguardo?»

«No, Marta non amava parlare di lui, la qual cosa è già indicativa, no? Anzi, mi ricordo che quando le chiedevo qualcosa in merito lei abbassava lo sguardo. Si capiva che non c'era un gran rapporto tra loro.»

«Lei crede che fosse succube del marito?»

«Succube? Peggio, era una marionetta, e lui tirava tutti i fili.»

«Quindi è stato lui a volere che si dimettesse?»

«La certezza non ce l'ho, ma è qualcosa che pensavo già da prima, e a questo punto ne sono praticamente sicura. Evidentemente la voleva tutta per sé.»

«Ma cosa disse Marta in quell'occasione?»

«Disse che non aveva bisogno di soldi e che doveva star dietro alla bambina, ma non era brava a mentire. È vero, il marito guadagnava abbastanza per tutti e due, ma la bambina era già grandicella e andava alle elementari. E poi le ripeto, le piaceva lavorare, e non si sentiva sminuita per il fatto che non si trattava di un impiego di alto livello. Vede, vicecommissario, Marta non sarà una cima, ma è una donna comunque abbastanza intelligente da capire a cosa poteva aspirare, e quindi a lei andava bene così. Non so se mi sono spiegata.»

«Non si preoccupi, ho capito benissimo. L'ha più rivista, da allora?»

«Una volta, un po' di tempo fa, al supermercato. Credo che andare a fare la spesa sia una delle poche cose che il marito le permette. Ci siamo parlate, certo, ma lei era spenta, quasi priva di interesse, mentre due anni fa era piena di entusiasmo. Dio, se penso a quello stronzo … e adesso le mette pure le mani addosso, il maledetto. Spero che lei lo sbatta in galera.»

«Non sarà facile, se quella donna continuerà a coprirlo dicendo di essere caduta dalle scale.»

Rossana sbuffò. «La prego, ci provi. Marta è una brava persona, e se ha bisogno di una mano per incastrare quel mostro, mi trova qui.»

«Grazie, lo terrò presente. Potrei anche lasciarle il mio numero, nel caso avesse qualcosa da comunicarmi di cui al momento non si ricorda?»

«Naturalmente; e io le do il mio.»

«Affare fatto.» Dopo uno scambio di biglietti, la poliziotta stava quasi per alzarsi, ma poi si fermò. Non le piacevano le cose non dette, anche se in questo caso ne capiva il motivo. O credeva di averlo capito, perlomeno. «Senta, Rossana, vorrei che mi concedesse ancora qualche minuto; io sono stata sincera con lei; se la sente di essere anche lei completamente sincera con me?»

L'altra donna spalancò gli occhi. «A che proposito, scusi?»

«A proposito dei suoi sentimenti per Marta. O mi sbaglio, forse?»

L'improvviso rossore sul viso di Rossana le disse che non si era sbagliata.«Come l'ha capito?»

«Sono specializzata in psicologia; psicologia criminale, per essere precisi. Però nel suo caso non credo che sia necessaria una formazione specifica, per accorgersene. Si vede subito come il suo sguardo si illumina quando parla di Marta.»

«Sa, sono divorziata, e ho due figli grandi. Non avrei mai pensato che potesse succedermi una cosa del genere, ma è andata così. Sì, mi sono innamorata di

Marta.»

«Non deve vergognarsene. È una donna molto bella.»

«Marta è bella dentro, vicecommissario. Le sembrerà strano, ma è così. È sempre gentile, e non farebbe mai male a nessuno. È vero, non ha studiato molto e non ha una mente brillante, ma come le ho già detto se ne rende conto da sola. C'è tanta gente cretina che crede di essere intelligente, invece. Gesù, quando ha dovuto andarsene sono quasi andata in depressione.»

«Marta lo sa?»

«Sì. Non gliel'ho detto io, l'ha capito da sola.»

«E vi siete confrontate sulla cosa?»

«Una volta mi ha detto: "L'ho capito, sai, che mi vuoi bene". Una frase che può voler dire tutto o niente, ma sono convinta che lei sappia … *quanto* le voglio bene. Ma lei ha una famiglia, e quella è stata l'unica volta che ne abbiamo parlato, se così si può dire.»

«Capisco. Va bene, stia tranquilla che da me non lo verrà a sapere nessuno.»

Mentre si alzavano per uscire, Rossana disse: «Sa, all'inizio ho lottato con tutte le mie forze contro questo sentimento. Ma poi ho capito che era impossibile. Anche adesso che non ci vediamo più non riesco a dimenticarmi di lei. Secondo lei, vicecommissario, c'è qualcosa di sbagliato in tutto questo?»

Chiara sorrise. «Solo il suo rossore.»

*

Dalla profumeria Chiara raggiunse un bar a circa mezzo chilometro di distanza; sapeva già che in quel posto Marta si era fermata solo ventidue giorni, e il racconto che le fece il titolare dell'esercizio, il signor Gobbi, era abbastanza simile a quello di Rossana. Sì, Marta ci sapeva fare con i clienti; sì, avere una cameriera di così bell'aspetto giovava agli affari; sì, Marta era felice di lavorare a contatto con la gente; no, non parlava volentieri del marito; sì, era dispiaciuta di andarsene, ma non ne aveva spiegato i motivi in modo convincente.

Ma Rinaldo Gobbi aggiunse un particolare nuovo, che peraltro si inseriva perfettamente nel quadro che Chiara aveva già tracciato su Piercarlo Fortini.

«Mi ricordo che un giorno venne a prenderla il marito, un'ora buona prima della fine del turno di Marta. Sa, lei finiva alle sedici. E quell'uomo si comportò molto male, in quella occasione.»

«Sì? E cosa fece, di preciso?»

«Entrò e ne disse di tutti i colori ai clienti che Marta stava servendo; era quel tavolo lì, all'angolo, e loro erano in tre.»

«E per quale motivo il marito era arrabbiato, secondo lei?»

«Beh, lei era sempre cordiale con i clienti, e secondo me quello è uno di quei mariti possessivi che non accettano che la moglie possa mostrarsi gentile nei confronti di un altro uomo. Voglio dire, per una cameriera sorridere fa parte del lavoro, no? Ma lui vuole averla tutta per sé, presumo. Eppure è un torinese come noi, mica un meridionale.»

La poliziotta gli lanciò un'occhiataccia, e Gobbi si affrettò a giustificarsi. «Non che io abbia niente contro i meridionali, per carità.»

Chiara borbottò un saluto e se ne andò. Le sue mete successive furono un antiquario, un negozio di arredamento di alto livello, e infine una galleria d'arte. Finì alle undici e quaranta, poi chiamò un taxi per tornare in commissariato.

CAPITOLO 5

La mattina di solito Miccoli metteva la giovane tirocinante a svolgere compiti di polizia amministrativa, mentre nel pomeriggio le chiedeva di dare una mano nell'ufficio denunce, ma in quella giornata le cose erano destinate ad andare diversamente.

Chiara rimase in ufficio ad aiutare un sovrintendente a sbrigare un po' di pratiche, e a mezzogiorno e mezzo, vedendo che il suo superiore stava per uscire, si fece avanti. «Pietro, mi permetti di offrirti il pranzo?»

Lui la fissò per un attimo. «Immagino che tu abbia qualcosa da chiedermi in cambio.»

«Beh, può darsi; ma non tanto per me, quanto nell'interesse superiore della giustizia.»

«Oh, ma naturalmente. Comunque stavo per andare in mensa.»

«Per una volta lascia perdere la sbobba, ti porto in una trattoria dove fanno del pesce come non ne hai mai mangiato nemmeno nella tua Sicilia.»

«Questa è proprio grossa, lo sai? Comunque grazie, accetto. Certo che oggi ti stai dando a spese pazze: prima hai dovuto pagare un taxi, ora il pranzo per due.»

Chiara sorrise, e sollevò le spalle con un'aria sbarazzina. «Tutto nell'interesse della giustizia. E se io posso fare qualche sacrificio, puoi farlo anche tu.»

*

Davanti alla sogliola alla mugnaia con contorno di patate al forno, piatto scelto da entrambi, Miccoli si lasciò andare a delle ammissioni compromettenti. «*Beddra matri!* Devo ammettere che questo pesce è ottimo, e non ha niente da invidiare a quello che possiamo trovare dalle mie parti; come hai fatto a scovare questa trattoria?»

«Ci venivamo fin da quando ero piccola, io e i miei genitori, e ogni tanto ci torniamo.»

«Beh, di fronte a questa prelibatezza non potrò dirti di no, qualsiasi cosa tu chieda.»

«Voglio che tu chieda al procuratore aggiunto Merlin il permesso di accedere ai conti di Piercarlo Fortini.»

«Rettifico: *quasi* qualsiasi cosa tu chieda.»

Chiara ebbe un gesto di frustrazione. «Oh, insomma! Perché non vuoi?»

«Non è che non voglio, Chiara. È che non posso, perché non ho alcun appiglio per chiedere una cosa del genere. È vero, la sua casa è in apparenza costosa … »

«E non sai quanto!» Lo interruppe bruscamente lei.

Miccoli sollevò un sopracciglio, stupito. «Perché, tu lo sai?»

«Ho girato un po' di negozi, e quindi la risposta è sì. Anzi, uno di quei posti ha addirittura venduto alcune delle cose che adesso si trovano nell'appartamento di Fortini.»

«E quindi? Spara.»

«Il lampadario è sopra i tremila euro. Uno dei quadri è di un autore contemporaneo di cui non ricordo il nome ma che fa tanto figo avere in casa per la gente per bene. Costa undicimila euro. I tre mobili che ho fotografato, insieme, dovrebbero essere tra i quindicimila e i diciottomila. Naturalmente c'è un sacco di altra roba costosa, là dentro, senza contare che anche un appartamento così vale un bel malloppo, solo per la dimensione.»

«Però. Avrei dovuto fare il contabile.»

«E non scordiamoci la Mercedes da sessantamila euro.»

«Già. E io vado in giro con la mia Audi scassata.»

«Non lamentarti, la tua macchina va che è una meraviglia. Cosa dovrei dire io, che mi limito a usare ogni tanto la Panda di mia madre?»

«E chi si lamenta? Piuttosto, potrei avere da ridire su una tirocinante che, invece di stare sul caso, divaga.»

«Divago? Ma tu non pensi che un contabile non dovrebbe potersi permettere una macchina così?»

«Magari ha ereditato da uno zio americano. Magari gioca in borsa, e ha fiuto. Magari ha vinto a qualche lotteria.»

Chiara sbuffò. «È tutto un magari.»

«Esatto. Mentre la violenza domestica è sicura. Quindi cosa fa un bravo investigatore? Uno che ragiona?»

«Io non voglio ragionare! Io voglio salvare quella povera donna da suo marito e da sé stessa.»

Miccoli sorrise. «Adesso ho capito dove vuoi arrivare. Visto che è difficile incastrare il marito per la violenza, vuoi provare la carta dell'arricchimento illecito.»

Chiara fece un sospiro. «Beh, sarebbe un modo per aiutare Marta, no?»

«Ah, sì? E secondo te perché quella donna non vuole essere aiutata?»

«Beh, è succube del marito, e abbiamo già convenuto che non è proprio una mente brillante, anche se la sua ex datrice di lavoro dice che in realtà è meno stupida di quanto non sembri.»

«Beh, adesso immagina che, per un motivo o per l'altro, Piercarlo Fortini vada in galera. Cosa credi che ne sarebbe del resto della famiglia? Ti ricordo che c'è anche una bambina.»

Chiara lo fissò, inorridita. «Santo cielo, non posso credere che tu mi stia dicendo questo! Lo so che c'è una bambina, e non vorrei mai che le venisse fatto del male.»

«Perdere il papà perché va in prigione non è proprio il massimo.»

«E perdere la madre perché il papà la uccide durante il suo ultimo scatto d'ira? È quello, il massimo?»

«Chiara, calmati. Hai gli occhi fuori dalle orbite.»

«Col cavolo che mi calmo. Lo so già che questa storia, comunque vada, non sarà una vittoria per nessuno. Lo so che ci saranno persone innocenti che soffriranno. Ma noi dobbiamo fare quello che è giusto, anche se è possibile che farlo crei più danni di quelli che ci sarebbero stati se non facessimo niente.»

Miccoli annuì. «Quello che voglio da te è un po' più di pacatezza, e la disponibilità a valutare tutti i punti di vista. C'è il marito, c'è la moglie, e c'è la figlia. Il marito per me può andare a cagare, ma le altre due vanno protette. Soprattutto la bambina.»

«Capisco. Immagino che tu la pensi così perché hai figli anche tu.»

«Può darsi. Se avrai anche tu la grazia di averne, capirai perché ho parlato così. E anche perché Marta protegge il marito.»

«Cosa vuoi dire? Che in realtà sta proteggendo la bambina?»

«Proprio quello. Lui è l'unica fonte di reddito famigliare, e sono convinto che Marta non voglia che la piccola possa soffrire economicamente.»

«Marta potrebbe riprendere a lavorare nella profumeria, o in un bar. Non avrebbero lo stesso tenore di vita, ma la felicità non dipende solo dai soldi.»

«D'accordo.»

«D'accordo, cosa?»

«Parlerò con il procuratore, ma tu verrai con me. Spetta soprattutto a te cercare di convincerlo.»

Chiara sorrise da un orecchio all'altro. «Tra le cose che ti ho detto, qual è stata quella che ti ha convinto?»

Lui alzò le spalle. «Nessuna; avevo già deciso di farlo.»

«Che cosa? Ma allora perché tutta quella predica?»

«Volevo semplicemente vedere quanto eri ferma nelle tue convinzioni. Devi guadagnartelo, il diritto di fare quello che credi sia giusto. Nessuno ti farà sconti, ragazza mia, quindi devi imparare a tirare fuori le unghie.»

«E dici che imparerò?»

«Scherzi? Già adesso potresti giocartela alla pari con una tigre.»

*

Tornati in commissariato, Miccoli telefonò, riuscendo a prendere un appuntamento per l'indomani con il procuratore Merlin, alle sedici del pomeriggio. Poi scrisse una delega per Chiara, incaricandola di andare in questura a ritirare una copia del rapporto scritto da Michele Giraudo.

«Devo proprio andarci io?» Chiese lei.

«Che problema c'è? Potresti addirittura avere la fortuna di vedere il tuo ragazzo.»

«Non sono sicura di avere tanta voglia di vederlo, oggi. Mi sento quasi come se fossi sull'altra parte della barricata, rispetto a lui, anche se la cosa vale solo per questo caso, naturalmente.»

«Dovrai parlargli di quel sopralluogo, prima o poi, e chiedergli perché è andato da solo in casa Fortini.»

«Se proprio dovrò farlo, saremo io e lui a quattr'occhi. Non voglio che sia in un posto affollato come la questura.»

«D'accordo, allora ti auguro di non incrociarlo oggi.»

«Va bene, vado. Aspetta che chiamo un taxi.»

«Ma figurati. Eccoti le chiavi della mia macchina.»

«Sul serio? Ti fidi a lasciarmela guidare?»

«E perché non dovrei? Hai la patente, giusto?»

«Sì, ma sono abituata con una macchina molto più piccola, una Panda. La tua è molto più ingombrante, cosa succede se ti graffio la carrozzeria?»

«Il mio barcone ha quindici anni e duecentocinquantamila chilometri sul groppone, quindi non sarebbe un dramma. È questo il vantaggio delle macchine vecchie: non devi preoccuparti se te le danneggiano o se te le rubano. E ora vai.»

«Ma devo ancora scrivere il rapporto sul sopralluogo di stamattina in casa Fortini. Se passa troppo tempo potrei dimenticarmi qualche dettaglio.»

«Vai, ti ho detto. Il rapporto lo scrivo io. E visto che probabilmente non ti fidi della mia memoria, aspetterò a stamparlo e a firmarlo che l'abbia letto anche tu.»

Chiara sospirò. «Okay. Sembra che non abbia più nessuna scusa per evitare quel viaggetto, eh?»

«Nessuna, infatti. Quindi perché sei ancora qui?»

*

Chiara dovette fare molta attenzione nel percorrere i circa cinque chilometri che separano il commissariato di Borgo Po con l'edificio della questura, in corso Vinzaglio. Parcheggiò in uno dei posti riservati alle forze di polizia, facendo manovra tre o quattro volte, per paura di ammaccare l'Audi.

Quando scese e si avvicinò all'entrata principale, sorvegliata da due poliziotti dotati di mitraglietta e di giubbotto antiproiettile, si accorse che uno di loro aveva un sorrisetto ironico stampato sul viso. La solita femmina che non sa guidare, stava probabilmente pensando. Di norma Chiara se ne sarebbe stata zitta e avrebbe tirato dritto, ma oggi era già nervosa di suo, quindi si avvicinò all'uomo e gli disse: «La macchina non è mia, agente. La guido oggi per la prima volta, e non sono abituata a quegli ingombri.»

Lui non disse niente, ma il suo sorriso si ampliò ancora un po', allora lei proseguì, mentendo: «Ho un appuntamento con il questore. Se mi dice il suo nome potrei parlargli un po' di lei, e del suo bel sorriso. Cosa ne dice?»

Stavolta l'altro arrossì, ma tenne la bocca chiusa. Lei gli esibì un sorriso feroce. «Spiacente che lei non riesca nemmeno a rispondere ad una donnetta. Allora è vero quello che si dice in giro: i maschi hanno le palle, i maschilisti *credono* solo di averle.»

Non gli lasciò il tempo di replicare, ed entrò nell'edificio a passo di carica.

*

Andò direttamente nel locale adibito ad archivio, e presentò al viceispettore addetto, un certo Baresi, la richiesta firmata da Miccoli. Baresi incaricò un suo sottoposto di fare le fotocopie, e nel frattempo Chiara gli chiese, con tono casuale: «Scusi, viceispettore, posso chiederle come si chiama uno degli uomini di guardia, fuori all'entrata? Quello non molto alto ma muscoloso, con il pizzetto. Mi sembra di averlo già visto da qualche parte.»

«Di media statura e muscoloso, con il pizzetto? È sicuramente Meneghello, e se non è qui che l'ha già visto sarà stato sicuramente in palestra. È un body builder sfegatato.»

«Ah, ecco, sì. È proprio lui, Meneghello. Come ho fatto a dimenticarmi il nome?»

«Se posso darle un consiglio, non si immischi con lui; non ha un'alta opinione del gentil sesso.»

Chiara sorrise. «Ma davvero? Non me n'ero proprio accorta. Grazie delle fotocopie,» disse poi, prendendo l'incartamento che il collaboratore le stava porgendo.

*

Appena uscita dall'archivio, Chiara se lo trovò di fronte. Michele Giraudo era alto e robusto, biondo, con gli occhi azzurro scuro e piuttosto bello; ed era il suo ragazzo. «Chiara, che sorpresa! Avresti potuto chiamarmi, farmi sapere che venivi qui.»

«Ciao, Michele. In realtà ho i minuti contati, ho dovuto fare una commissione urgente per il mio capo, e adesso devo proprio scappare.»

Lui ridacchiò, ma nel suo viso passò un'ombra di delusione. «Ne deduco che non saresti nemmeno passata a salutare, allora? E cosa ci potrà mai essere di tanto urgente, per il capo di quel commissariato dove non succede mai niente?» Dicendo così, allungò la mano verso la cartella che Chiara stava tenendosi al petto. Lei reagì scostandosi leggermente, poi tentò di sdrammatizzare. «Per favore, Michele, sono cose riservate. Se le vedi poi devo ucciderti.»

Lui non rise, e si limitò ad alzare le spalle. «Ci vediamo, stasera?»

«Certo che sì. Sono sempre la tua ragazza, no?»

«Intesi, allora ti chiamo. E adesso lascia che ti accompagni fuori.»

«Non è necessario.»

«Lo so che non lo è. Ma io voglio farlo lo stesso, se me lo permetti.»

Lei sorrise, a disagio. «Ma certo. Io dicevo per te.»

Si salutarono una decina di metri prima di arrivare all'entrata esterna, poi Chiara proseguì da sola. Arrivata all'altezza dell'agente con cui prima aveva avuto il battibecco gli disse: «Agente Meneghello, il questore la desidera quando avrà smontato dal suo turno. Arrivederci.»

L'uomo strabuzzò gli occhi, ma non disse niente. Chiara guardò poi un attimo verso l'interno dell'edificio, e vide che Michele la stava fissando, invece di essersi diretto verso il suo ufficio come lei aveva immaginato. Distolse lo sguardo e andò verso la macchina. Fece manovra con attenzione, rendendosi conto che gli occhi di quello stronzo di Meneghello erano su di lei, ma stavolta andò tutto bene.

CAPITOLO 6

Miccoli e Chiara si ritrovarono ancora una volta alla scrivania del primo per leggere il rapporto. Chiara era piuttosto nervosa. «Preferirei che lo leggessi tu, Pietro, se ti va.»

«Senz'altro. Allora, vediamo un po' che cosa abbiamo qui. Il fatto si è verificato il dodici di marzo, che era un martedì, alle quindici circa, mentre la signora Michelini stava andando a fare la spesa. Quando il marito è tornato dal lavoro, alle diciassette, l'ha portata al pronto soccorso. Il dottor Sandri, come già sapevamo, ha fatto la segnalazione alla questura, e il ventisei marzo, esattamente due settimane dopo, il vicecommissario Giraudo è andato ad interrogare i coniugi nella loro casa, alle diciotto, dopo averli preavvisati con una telefonata.»

«Così hanno avuto il tempo di prepararsi la loro versione,» disse Chiara.

«Più che altro Fortini ha avuto il tempo di istruire la moglie su quello che avrebbe dovuto dire.»

«Hai ragione, Pietro. In quella casa non si muove foglia che il marito non voglia.»

«Comunque Michele si è limitato a rilevare che Marta afferma di essere caduta, e che il marito afferma di non essere stato in casa, al momento, perché era al lavoro.»

«E quindi quella povera donna sarebbe rimasta per due ore con un male cane al polso? Ma anche no.»

«Non c'è molto comunque, in questo rapporto. Non si fa cenno, ovviamente, all'arredamento lussuoso, ma perché mai dovrebbe esserci? Michele non è uno che ama mettere il sedere nelle pedate, questo mi sembra chiaro. E la conclusione che viene stesa alla fine del rapporto è che non ci sono elementi che indichino l'utilità di approfondire le indagini.»

«Già, bell'affare,» bofonchiò lei.

«Non l'hai mica visto, in questura?»

«Invece sì, porca miseria. E avevo in mano quel rapporto. Il *suo* rapporto.»

«Stasera dovrai chiarire un po' di cose con lui. Mi raccomando, fallo: le cose non dette sono veleno nei rapporti tra le persone.»

«Tranquillo, lo farò. Sarà come farsi togliere un dente, ma lo farò. Via il dente, via il dolore, no?»

«Col cavolo. Quando mi hanno tolto il dente del giudizio ho avuto la guancia gonfia per una settimana. Ma tornando a Michele, pensi che adesso sia ancora in questura?»

Chiara guardò l'orologio. «Sono le quindici e trenta, quindi presumo di sì.»

«Già. Senti, vorrei parlare con Maier, ma non è il caso che ci sia lì anche Michele ad origliare, quindi credo che dovresti chiamarlo adesso e farlo uscire dal suo cubicolo con qualche scusa.»

«Oddio, e cosa gli dico?»

«Inventati qualcosa, hai tanta di quella fantasia. Quando sai per certo che il suo supervisore è da solo, fammi un cenno e io lo chiamo.»

«Beh, proviamo.» La giovane donna prese il suo *smartphone* e compose un numero. La risposta si udì dopo il terzo squillo. «Ciao, Chiara. Eravamo d'accordo che ti avrei chiamato io.»

«Sì, lo so, ma mi sento un po' in colpa per come mi sono comportata. È vero, avrei dovuto avvisarti che venivo in questura.»

«Non c'è problema, io non me la sono presa. Invece hai fatto incazzare il mio amico Lucio.»

«Chi, scusa?»

«Lucio Meneghello, quello a cui hai fatto un bello scherzo. È andato dal questore borbottando delle scuse, e quello non sapeva nemmeno di cosa stesse parlando. Quando me l'ha raccontata mi sono fatto una bella risata, ma lui era nero.»

«Quello stronzo maschilista è tuo amico?»

«Beh, è un po' sbruffone, ma non è cattivo.»

«Senti, cambiamo discorso, adesso dove sei?»

«Maier mi ha mandato a fare delle commissioni, dovrei rientrare in ufficio tra una decina di minuti, perché?»

«Semplice curiosità. Mi sembrava di sentire rumori di strada, tutto lì.» Chiara alzò un dito, segnalando a Miccoli che avrebbe potuto fare la sua chiamata.

«Bene, allora a che ora ci incontriamo, stasera?»

«Dovrò cenare in casa, stasera arriva una zia da Nichelino. Ci possiamo vedere poi.»

«Passo a prenderti intorno alle venti?»

«Va bene, ciao.»

*

Mentre i due parlavano, Miccoli aveva chiamato il collega Ludwig Maier, un altoatesino di Bressanone.

«Pronto,» rispose dopo qualche squillo la sua voce tenorile, con una lieve inflessione teutonica.

«Ciao, Ludwig, sono Pietro Miccoli.»

«Pietro, come va in quel tuo avamposto sperduto?»

«Ci sto come un papa, grazie.»

«Contento tu. Io al tuo posto mi sentirei come il tenente Drogo nella fortezza Bastiani.[1]»

«Addirittura. Ci mancano i tartari, però. Senti, scusa se ti faccio fretta, ma avrei bisogno di chiederti una cosa, prima che torni il tuo tirocinante.»

Una lunga pausa. «Non vuoi che Michele sappia che mi hai chiamato? Perché?»

«Lo scorso marzo tu l'hai mandato a fare qualche domanda ad una donna che a suo dire era caduta dalle scale, non so se te ne ricordi.»

«Sì, vagamente.»

«Ecco, ho trovato insolito che lui sia andato da solo, e non con il suo supervisore.»

«Eravamo impegnati, in quel periodo, e io in particolare stavo seguendo certi contatti in alcuni ambienti loschi, per cui era preferibile che non mi allontanassi.»

«Quindi hai mandato lui. D'accordo, poi ho visto che non hai controfirmato il suo rapporto.»

«Non ero presente all'interrogatorio, quindi perché avrei dovuto?»

«Naturalmente. Poi lui cosa ti ha detto?»

«Niente di particolare, mi pare, se non che non era il caso di procedere oltre. Ma se adesso mi stai chiamando, ho il sentore che possa essersi sbagliato.»

«La signora è di nuovo caduta dalle scale, diciamo così.»

«Già, lo immaginavo. Mi pare di ricordare che secondo Michele lei non voleva assolutamente che il marito venisse coinvolto.»

«Sì, possiamo dire che quella donna è la peggior nemica di sé stessa. Ma c'è un'altra cosa che volevo chiederti: nel rapporto non si fa cenno al fatto che l'appartamento di quel Fortini da solo costa come un grattacielo. Michele te

---

[1] Riferimento al romanzo di Dino Buzzati "Il deserto dei tartari"

ne ha parlato?»

«No, non che io ricordi.»

«Va bene, Ludwig, grazie di tutto. Ti prego solo di non far parola con Michele di questa nostra chiacchierata.»

«Senti, fammi sapere se ti serve una mano, d'accordo? Non ti nascondo che questa tua chiamata mi ha lasciato una spiacevole sensazione, come se avessi fatto un passo falso.»

«Casomai l'ha fatto Michele, e più che di passo falso parlerei eventualmente di superficialità.»

«Purtroppo sono il suo supervisore, quindi più o meno è la stessa cosa.»

«Vedremo come andranno le cose, comunque tengo per buona la tua offerta di aiuto. Grazie ancora.»

*

«Allora, capo?» Gli chiese Chiara, che non aveva sentito quanto detto da Maier.

Miccoli alzò le spalle. «Niente di speciale. Come ti avevo già detto, in quel periodo erano parecchio impegnati, in questura, e Michele è andato da solo perché Maier glielo ha chiesto esplicitamente.»

«Che però, se non ho interpretato male certi punti della tua conversazione, adesso è un po' pentito di averlo fatto.»

«In questo lavoro ci si pente sempre di qualcosa, prima o poi. Potevo intervenire, e così avrei salvato Tizio? Ma se intervengo a salvare Caio, magari non ho il tempo per impedire a Sempronio di commettere qualche reato … potrei andare avanti all'infinito. Il succo è che, se davvero vuoi fare questo lavoro, devi cercare sempre di fare la cosa che ritieni giusta, ma se invece salta fuori che è quella sbagliata non puoi farne una malattia. Altra lezioncina per la mia tirocinante preferita.»

Chiara rise. «Grazie, Pietro. Adesso posso dare un'occhiata al rapporto che hai scritto sull'interrogatorio di stamattina?»

«Certo, adesso dedichiamoci al nostro rapporto, quello che ho scritto mentre eri in questura. Dacci un'occhiata e dimmi se va bene.»

Il rapporto conteneva le dichiarazioni di Marta Michelini, ma esprimeva perplessità sulle stesse, giudicate poco attendibili; si segnalava inoltre che la donna appariva del tutto sottomessa al marito, anche in base ad elementi raccolti in seguito dalla collaboratrice alle indagini, il vicecommissario Chiara Paradisi. Infine si faceva notare che il tenore di vita della famiglia Fortini appariva eccessivo, alla luce del probabile stipendio dell'uomo, e si chiedeva di effettuare qualche approfondimento in merito.

«Perfetto, Pietro. Non avrei saputo scriverlo meglio.»

«Okay, allora firmalo prima tu.»

«Oh. Bene, allora, e grazie della fiducia.»

«Si tratta più che altro di una assunzione di responsabilità.»

Dopo che ebbero firmato entrambi, Miccoli la congedò. «Vai pure, Chiara, oggi è stata una giornata lunga. Non preoccuparti, resto qui io a chiudere la baracca. Però domani vieni a cena da me, d'accordo?»

«Sul serio? Non ho mai conosciuto la tua famiglia.»

«Appunto, è ora di rimediare. E poi devo sdebitarmi per quel pranzetto che mi hai offerto oggi.»

«D'accordo, Pietro. A domani, allora.»

*

Chiara prese l'autobus, e per le diciassette e quaranta era tornata a casa sua, una palazzina elegante in via Pragelato, nel quartiere Cenisia, dove la sua famiglia abitava al terzo piano. Mentre faceva le scale, che preferiva all'ascensore, si sentì eccitata al pensiero di raccontare ai suoi che stava partecipando ad una vera indagine criminale. Tuttavia, quando entrò nell'appartamento, percepì subito che c'era qualcosa che non andava.

Suo padre Saverio era in cucina con sua zia Luisa; erano seduti e avevano l'aria molto preoccupata.

«Zia Luisa, papà. Cosa succede?»

Entrambi la guardarono, incerti su cosa dire. Poi fu lui a parlare. «Marina deve essere operata, pare.»

«No! Oddio, quanto è grave?»

«Insufficienza mitralica; in pratica, occorrerà sostituire la valvola.»

«Gesù. Ecco perché si affaticava subito. Meno male che l'anno scolastico è quasi finito, e lei non rischia certo la bocciatura.»

«Beh, non mi sembra il caso di preoccuparsi per la scuola, adesso.»

«Sì, invece. Marina ha già perso due anni, anche a causa di quella polmonite da cui non riusciva a guarire.»

«Lo so. Anzi, secondo lo specialista è stata proprio quella polmonite ad intaccare la valvola. La situazione è abbastanza seria, è in lista d'attesa per l'intervento tra circa un mese.»

Chiara si accorse che le lacrime le stavano scorrendo giù per le guance. «Vado da lei, immagino che sia in camera sua.»

*

La cameretta di Marina era piccola ma accogliente, con le pareti colorate e pupazzi di peluche dappertutto. Lei era stesa a letto, in pigiama, ma sopra le coperte, e accanto a lei c'era sua madre Grazia.

Quando vide Chiara un sorriso illuminò il suo viso preoccupato. «Ehi, sorellona. Come va?»

Chiara si sentiva un groppo in gola e non riuscì a rispondere. Peggio ancora, si era appena asciugata le lacrime, e scoppiò di nuovo a piangere.

Grazia le si avvicinò e l'abbracciò. «Coraggio, cara. Marina ha bisogno che siamo tutti forti, in modo da poterla aiutare.»

«Sì, certo, mamma, scusami.»

«Non c'è nessun bisogno che ti scusi. E ora ti lascio con la tua sorellina.»

*

Chiara si sedette accanto alla ragazza più giovane, e le prese la mano. La guardò in viso, trovandola pallida e stanca, mentre di solito era vivace e piena di entusiasmo. «Come stai, tesoro?»

«Non tanto male. E spero di essere operata presto, così posso tornare sui banchi in settembre, per il nuovo anno scolastico. Per il mese che mi manca, ho già contattato la scuola e i professori mi permetteranno di mandare i

42

compiti online.»

«Ci tieni tanto, eh?» Marina aveva perso un anno in prima superiore perché si era iscritta in un istituto di amministrazione, finanza e marketing, che non le era piaciuto per niente. Aveva finito brillantemente, però l'anno dopo aveva voluto iscriversi in un liceo linguistico. Era una buona studentessa, ma il quarto anno era stato un calvario, perché aveva preso una polmonite che l'aveva tenuta inchiodata a letto per mesi, lasciandola poi debilitata per un altro bel periodo dopo la guarigione. Quindi a vent'anni doveva ancora fare il quinto e la maturità. Però non se ne era mai lamentata, dimostrando una maturità sorprendente; anzi, oltre alle tre lingue del suo piano di studi, l'inglese, il francese e il russo, aveva voluto studiare il tedesco per conto suo, proprio per dimostrare che aveva le capacità di padroneggiare anche una lingua così difficile, e senza l'aiuto di nessuno.

«Certo che ci tengo,» fu la sua risposta. «Mi piacciono da matti le lingue straniere, e voglio fare l'interprete. E puoi scommettere che ci riuscirò.»

«Non ne dubito affatto, Marina.»

«Beh, almeno qualcosa di buono è venuto fuori, da tutto questo.»

«Ah, sì? E cosa potrà mai essere?»

«Roberto mi ha lasciata.»

Chiara rimase di stucco. «E questa sarebbe una buona notizia?»

«Sì, perché avevo cominciato a rendermi conto che non mi piaceva veramente; e credo che nemmeno lui mi volesse bene, sai? Ho l'impressione che fossi solo uno dei suoi trofei: la sua ragazza con quei begli occhioni verdi.» Entrambe le sorelle avevano ereditato dalla madre quella caratteristica anatomica.

«Non sono comunque convinta che sia una bella cosa.»

«E invece sì. Pensaci un po': gli dico che ho problemi di salute e che devo operarmi, e lui cosa fa? Mi pianta, lo stronzetto. Meglio che sia successo adesso che dopo, no?»

«Su quello hai ragione, è ovvio che non ti merita.»

«Esatto. E nemmeno Michele si merita una come te.»

43

«Senti, Marina … »

«Non dire niente, lo sai che mi sta sulle scatole. E se proprio vuoi saperlo, sta antipatico anche a mamma e papà. È pieno di boria e privo di sostanza; un sacco vuoto.»

«Eppure io gli voglio bene.»

«E sei sicura che lui te ne voglia? O anche tu sei solo la sua bamboletta con gli occhi color smeraldo?»

Chiara le accarezzò il viso. «Tesoro, non parliamo di questo, adesso.»

«E di cosa dovremmo parlare, invece? Dell'operazione? No, grazie, preferisco non pensarci, per il momento.»

CAPITOLO 7

Alle diciotto e dieci Piercarlo Fortini rientrò dal lavoro; parcheggiò la sua Mercedes da sessantamila euro nel cortile interno del suo palazzo, dove lui aveva un posto riservato, e salì le due rampe di scale che conducevano al suo appartamento. Quando entrò si recò subito in cucina, dove trovò la moglie intenta a preparare la cena. La figlia Marianna era evidentemente nella sua cameretta.

Non la salutò nemmeno; si limitò a chiederle: «Oggi è successo qualcosa?»

Lei annuì, con la testa bassa. «Sì. Sono arrivati due della polizia.»

Lui si stupì. La volta prima ci avevano messo due settimane a farsi vivi, e stavolta invece erano arrivati già il giorno dopo? Non disse niente, e andò nel suo studio privato.

*

La cena in casa Paradisi fu sottotono, e paradossalmente l'unica che tentò di ravvivare un po' la conversazione fu Marina. Tra tutti era quella più su di morale, anche se nel suo piatto c'erano solo verdure cotte ed omogeneizzati.

Un po' prima delle venti, il citofono suonò. «Oddio,» disse Chiara. «Dev'essere Michele, mi ero dimenticata che avevamo appuntamento.»

«Mandalo a farsi benedire,» suggerì Marina.

«Chiara, scusa,» intervenne Grazia. «Non potresti dirgli di rimandare? Oggi non è proprio il caso che tu esca con un uomo.»

«Tranquilla, mamma, non uscirò con lui stasera. Però devo dirgli due parole; lasciami scendere, tra un quarto d'ora sarò tornata.»

*

Uscita dall'entrata del palazzo, Chiara vide subito la macchina del suo ragazzo, una Lancia Delta integrale che aveva acquistato usata, ma pagando comunque un bel po' di soldi. Lui era ancora dentro, al posto del guidatore. Evidentemente si aspettava che lei salisse per partire subito.

Lei entrò, ma gli disse: «Non mettere in moto, oggi non esco con te.»

«Cosa? E perché?»

«Mia sorella deve essere operata al cuore, l'ho saputo da poco. Scusa se non ti ho chiamato, ma ero piuttosto agitata e me ne sono completamente dimenticata.»

«Cavoli, mi dispiace. Va bene, allora, sarà per un'altra volta.»

«Ti chiamo io quando me la sento. Ma c'è una cosa che volevo chiederti.»

«Dimmi pure.»

«Ti ricordi di Marta Michelini, la donna che afferma di essersi slogata un polso cadendo dalle scale, e che tu sei andato a interrogare da solo?»

«Sì, certo. E tu come fai a saperlo?»

«Sembra che quella poveraccia continui a cadere dalle scale. Adesso c'è un altro procedimento in corso, e lo seguiamo io e Miccoli.»

«Sul serio? Gesù, ecco cosa sei venuta a fare in questura, oggi. A recuperare il mio rapporto.»

«Esatto. E non mi pare che tu abbia fatto un lavoro impeccabile.»

«Ma che cavolo dici?» Adesso si era arrabbiato, e il suo carattere impulsivo saltò fuori subito. «E tu pensi di essere migliore di me, vero?»

Lei sobbalzò, colpita dalla violenza delle sue parole. «Non dico questo. Ma avresti potuto accorgerti, per esempio, che il polso slogato era quello sbagliato. Se si scende per una rampa di scale con la ringhiera a destra, come si fa ad aggrapparsi alla stessa ringhiera con la mano sinistra?»

Giraudo arrossì, e Chiara provò per un attimo un po' di compassione per lui, credendo che il motivo fosse la vergogna. Ma le parole che l'uomo le disse resero evidente che si trattava di rabbia, invece. «Ma porco Giuda, se quella troia non vuole denunciare il marito, cosa potrei fare io?»

«Che stronzo che sei. E non ti sei accorto che quello vive in un appartamento da milionari, mentre è solo un contabile?»

«Questo non c'entra una beata sega!»

Un sospetto tremendo le passò per la testa in quel momento. «Guardami negli occhi, Michele, e dimmi che quello non ti ha pagato per chiudere tutto.»

«Cosa? Ma tu sei fuori di testa!»

Chiara uscì dalla macchina. Le sue ultime parole, dette con calma glaciale, furono: «Non chiamarmi più.»

*

Piercarlo Fortini aveva visionato il filmato per intero, e quello che aveva visto non gli era piaciuto per niente. I due poliziotti avevano ovviamente dei dubbi, e lui non si era certo aspettato che una rincoglionita come sua moglie potesse essere convincente al punto da fugarli, ma d'altra parte riteneva che non avrebbero potuto procedere se lei avesse continuato a negare che era stato lui a colpirla.

Quello che lo preoccupava era un'altra cosa, cioè che la donna avesse allontanato quella scema di Marta con un pretesto per fare delle foto al salotto. Lo scopo della manovra era ovvio.

Doveva tenere d'occhio quei due. Anzi, meglio ancora, avrebbe detto a Virgilio di farlo.

*

Chiara tornò in casa come una furia. Saverio le chiese: «Cosa è successo, tesoro?»

Lei sollevò le spalle. «Sembra che Marina non sia stata l'unica, oggi, a scoprire che il suo ragazzo è uno stronzo.»

I genitori e la zia furono scandalizzati dal linguaggio della figlia, ma la sorella minore fece un gesto di esultanza, e gridò: «Evvai!»

Chiara poi disse: «Scusate, sono stanca e penso che andrò a riposare. Marina, vorresti che prendessi la brandina e venissi in camera tua a dormire, stanotte?»

Marina ne fu entusiasta. «Fantastico! Come quando ero piccola.»

*

Piercarlo Fortini dovette aspettare cinque squilli perché il suo interlocutore venisse a rispondere, e quando finalmente successe non ci furono convenevoli. «Cosa vuoi?»

«Senti, volevo solo dirti che sono venuti due poliziotti a casa mia.»

«Per quale motivo?» La voce dell'interlocutore non aveva alcuna inflessione dialettale, ed era moderatamente ansiosa.

«Mia moglie è nuovamente caduta dalle scale.»

L'altro emise un suono sprezzante. «Certo, come no. Se la smettessi di pestarla sarebbe meglio.»

«Quella stronza mi fa sempre incazzare. E per quanto ti riguarda, non sei tu a dirmi come devo trattarla.»

«Ma la cosa mi riguarda, invece, visto che siamo in affari insieme.»

«Beh, comunque quei due non hanno niente a cui appigliarsi per quanto riguarda l'accusa di violenza, dal momento che Marta ha detto loro quello che le ho detto di dire.»

«E allora perché te ne preoccupi?»

«Ecco, non sono sicuro che le abbiano creduto; anzi, penso proprio di no; sai, lei è piuttosto ingenua.»

«Non possono fare niente comunque, se lei non confessa la verità; o se tu non sei così scemo da pestarla con qualcosa che non assomigli ad uno scalino.»

«No, non c'è pericolo da quel lato. Ma c'è un altro possibile problema. Hanno mostrato un certo interesse per l'arredamento di casa mia.»

«Cazzo. Dovevi proprio riempirti la tana di roba così costosa? Te l'avevo detto che ti saresti messo nei guai.»

«Comunque, anche lì penso di essere al sicuro. Ho già la storia pronta, se volessero approfondire la faccenda.»

«Ah, sì? Beh, buon per te, allora. Solo che a questo punto non capisco perché tu abbia chiamato.»

«Vorrei che tu incaricassi qualcuno, solo in via precauzionale, di raccogliere informazioni su quei due. Si chiamano Miccoli e Paradisi, e sono del commissariato di Borgo Po. Paradisi è una donna, sui venticinque, trent'anni, Miccoli un uomo, sulla quarantina.»

«Spero che tu non mi stia chiedendo di farli fuori. Sai che rogne ne verrebbero fuori?»

«No, per carità. Mi basterebbe avere qualche informazione su di loro. Magari hanno dei punti deboli, o qualche scheletro nell'armadio che li renda ricattabili.»

«Va bene, lo farò. Sai, sei proprio fortunato che abbiamo così bisogno di te; si trattasse di un altro, lo lasceremmo al suo destino. Chissà, magari là fuori nel mondo un altro come te lo troveremmo, se lo cercassimo con abbastanza impegno. Magari uno che non pesta la moglie e non si riempie la casa di ciarpame dorato per far vedere a tutti quanti soldi ha.»

«Non dirlo neanche per scherzo. Non c'è nessun altro come me.»

«Se c'è, spera che non lo troviamo.» Poi la comunicazione si interruppe, lasciando Fortini agitato ed arrabbiato. Tutta colpa di quella troia, pensò. L'avrebbe pestata volentieri ancora, ma in questo momento non poteva permetterselo: i sospetti che avevano già su di lui sarebbero solo potuti aumentare.

E adesso la sua voce lagnosa lo stava chiamando perché venisse a cena. Troia, troia, troia!

Uscì comunque, ma evitò di guardarla in viso: quella maledetta era bella, ma con quei lividi che si era cercata non lo era più così tanto.

Poi diede un'occhiata a Marianna, la figlia di otto anni. Non era male, sarebbe diventata una donna bella come la madre; certo, non così stupida, si poteva sperare. Avrebbe dovuto pensarci lui, ad educarla adeguatamente.

«Piercarlo ... cosa stai guardando?» Sentì sua moglie chiedere; e si accorse che, in effetti, i suoi occhi stavano fissando le gambe della bambina. Sollevò le spalle, seccato, e chiese sgarbatamente che cosa ci fosse da mangiare.

CAPITOLO 8

Martedì 30 aprile 2019, ore 7.40, commissariato di Borgo Po, Torino.

Chiara provò ad immergersi nel lavoro d'ufficio, visto che per il momento non c'era molto che potesse fare per la faccenda di Marta Michelini. Tuttavia faticava a concentrarsi, e il sovrintendente Marciani, a cui stava dando una mano, se ne stupì. «Chiara, sei sempre così precisa, ma in questo momento mi sembri sfasata. È la seconda volta che ti parlo e tu non sai nemmeno cosa ti ho detto.»

«Ma cosa dici, certo che lo so.»

«Quindi hai capito che ti ho chiesto di sistemare in ordine alfabetico tutti i fascicoli dalla A alla C?»

«Eccome se l'ho capito. Stavo proprio per farlo.»

«Ecco, brava, ma per stavolta magari fanne a meno. Un minuto fa ti ho detto

51

che i fascicoli li ho già sistemati io, e che avevo bisogno che andassi a prendermi una pratica nell'ufficio denunce.»

Lei chinò la testa, sconfitta. «Oddio. Scusami, Mario, è che ieri, a distanza di poche ore, ho saputo che mia sorella deve essere operata al cuore e che il mio ragazzo è uno stronzo. O forse dovrei dire il mio ex.»

«Per la miseria. Mi dispiace,» disse lui, un uomo grande e grosso sui cinquanta. «Senti, qui non c'è niente di particolare da fare, e so che stai seguendo un caso di una certa importanza. Perché non ti ci dedichi, così hai qualcosa su cui riesci a concentrarti?»

«Sono bloccata, finché non avrò l'autorizzazione del procuratore.»

«Tu sottovaluti il nostro capo. Sono sicuro che lui riuscirà a trovarti qualche cosa da fare che non richieda l'autorizzazione di Merlin.»

«Sicuro che te la cavi anche da solo?»

«Ma scherzi? Nei giorni scorsi mi hai dato una grossa mano, e mi sono portato avanti il lavoro alla grande. Vai, ragazza.»

*

«Ah, questo ti ha detto Mario?» Chiese Miccoli. «Beh, allora immagino che quello che puoi fare sia di andare a interrogare Piercarlo Fortini.»

«Dici davvero? Ma sarà al lavoro.»

«E allora vai lì. Presentati e digli che devi fargli delle domande sull'infortunio della moglie. Magari cerca di fargli credere che sei propensa a dar credito alla loro versione, ma che purtroppo devi interrogare anche lui, anche in qualità di testimone. Ripetigli quello che abbiamo detto a Marta, che devono fare accertamenti clinici per capire quale sia il problema che la rende così sbadata. Fai finta di non essere tanto furba. Poi, ma come se ti venisse in mente per caso, chiedigli quali siano i redditi che gli permettono di vivere in un appartamento così.»

«E a che scopo tutto questo? Sappiamo già che mentirà.»

«Così potrai conoscerlo meglio, e forse riuscirai anche a fare in modo che ci sottovaluti: che pensi che siamo intenzionati a mollare, insomma.»

«E ci vado da sola?»

«Sì, sarebbe meglio. Qui io ho da fare, e poi di te mi fido.»

«Ci siamo stupiti che Michele abbia fatto la stessa cosa senza il suo supervisore.»

«Quindi il precedente c'è già, vedi? Nessun problema. Quando tornerai scriverai un'aggiunta al rapporto che abbiamo già steso.»

«Pensi che Marta gli abbia detto tutto sulla nostra visita di ieri?»

«Marta è sotto di lui come uno zerbino è sotto la gente che deve pulirsi le scarpe, quindi la risposta è sì. Tienine conto. E prendi queste,» disse l'uomo lanciandole le chiavi dell'Audi.

«Grazie, allora ciao.»

«Aspetta, Chiara.»

«Sì?»

«Niente, volevo solo dirti che è giusto e umano che tu sia preoccupata per tua sorella, ma di non prendertela per Michele. Non credo che sia l'uomo giusto per a te, se devo essere sincero: un bel ragazzo, sì, e simpatico anche, ma gratta gratta, sotto c'è solo il vuoto. Tu sei molto di più.»

Lei rispose solo con un cenno del capo.

*

La Panzironi S.r.l. si trovava nella zona industriale subito a sud-ovest di Grugliasco. Chiara aveva un po' navigato online, e adesso sapeva che era stata fondata dodici anni prima da Armando Panzironi, che adesso aveva cinquantaquattro anni ed era l'amministratore delegato, oltre che il socio di maggioranza, avendo ceduto il trenta per cento circa delle quote ad altre persone, fisiche o giuridiche.

L'azienda andava bene, per cui quelli che avevano acquisito le sue azioni avevano fatto un affare; alcuni di questi erano dipendenti della società stessa, e Chiara voleva capire se Piercarlo Fortini fosse tra i fortunati; nel caso, questa operazione finanziaria cui aveva avuto il fiuto di partecipare poteva essere una spiegazione del suo tenore di vita, almeno in parte.

Il parcheggio aziendale era bello grande, e la maggior parte dei posti erano vuoti, quindi non ebbe difficoltà con l'auto di Pietro; e poi stava cominciando a prenderci la mano, con quel carro armato tedesco.

*

Panzironi la ricevette nonostante non avesse un appuntamento, e la fece addirittura accomodare nel suo ufficio. «Cosa le posso offrire, vicecommissario? Un caffè, un analcolico?»

«Lei è troppo gentile, dottor Panzironi, ma sono a posto così, grazie.»

«S'immagini. Niente è mai troppo per le nostre forze dell'ordine.»

Chiara lo fissò per capire se stesse facendo dell'ironia, ma concluse che l'uomo credeva veramente a quello che diceva; un tipo all'antica, immaginò, di quelli che rispettavano le autorità e le leggi.

Si schiarì la voce. «Bene. Immagino che si starà chiedendo il motivo della mia presenza qui.»

«Sì, lo confesso. Anche se naturalmente so di non aver commesso nessun reato, almeno non di recente,» disse, scoppiando in un'allegra risata.

Chiara sorrise. «In realtà la convinzione mia e del mio superiore, il commissario capo Miccoli, è che non sia stato commesso nessun reato. Ma ci sono degli accertamenti da fare che, per quanto fastidiosi, sono obbligatori. E siamo appunto in presenza di una situazione di questo tipo.»

L'uomo allargò le braccia. «A sua disposizione. Mi dica cosa devo fare.»

«Ecco, le spiego. Mi risulta che un certo Piercarlo Fortini sia un suo dipendente; la cosa corrisponde?»

«Certamente, lavora qui come capo contabile. Anzi, come contabile unico, se devo essere preciso.»

«Sta dicendo che è l'unico ad occuparsi della vostra contabilità?»

«Esatto. E siamo molto soddisfatti di lui. Posso chiederle la ragione del suo interesse?»

«Sì, certo. Vede, la moglie ha avuto un incidente domestico, e il personale del reparto di pronto soccorso ce l'ha segnalato; non perché ci fossero dubbi sulla natura dell'incidente, ma perché la prassi è questa. E anche noi, in seguito a tale segnalazione, siamo obbligati a interrogare la signora e gli eventuali testimoni. E il marito è appunto un testimone del fatto.»

«Capisco. Va bene, glielo chiamo subito.»

Panzironi si avvicinò ad un citofono a muro, ma Chiara lo bloccò. «Scusi un attimo, dottore. Prima che lo chiami, le volevo chiedere una cosa. È più che altro una curiosità mia personale, in realtà.»

«Mi dica.»

«Ecco, sono stata a casa di Fortini, ieri, e ho visto il suo appartamento. E mi sono detta che deve prendere uno stipendio da favola, per potersi permettere tutto quel lusso. Non è che avrebbe un posto anche per me, nella sua azienda?»

Panzironi scoppiò in una risata fragorosa. «A una bella ragazza come lei un posto potrei trovarlo di sicuro. Ma non è che qui gli stipendi siano poi così favolosi. Sì, so che Piercarlo ha un reddito molto buono, ma per questo c'è una spiegazione valida.»

«Ah, sì? Mi dica, sono curiosa.»

«Lui si prende da noi tremila euro netti al mese. Mi creda, li vale tutti. Poi ha avuto la lungimiranza di acquistare azioni della mia società, e credo che ora come ora quelle gliene rendano come minimo altri duemila, sempre al mese.»

«Mi rendo conto. Siamo sui cinquemila, quindi. Certo, quell'appartamento sembrerebbe più una cosa per chi ammucchia dai diecimila al mese in su … »

«Eh, ma non è tutto. So che lui tiene la contabilità anche di altre aziende, in qualità di collaboratore esterno. Non so se arrivi ai diecimila che dice lei, ma certamente ci si avvicina.»

«D'accordo, signor Panzironi. Adesso, se gentilmente vuole chiamare il suo impiegato, e metterci a disposizione una stanza dove possiamo stare comodi, gliene sarò grata.»

«Ma certo. Le lascio la saletta delle riunioni, tanto per oggi non la usiamo di sicuro. E vado a chiamare Piercarlo.»

*

Piercarlo Fortini entrò nella saletta dopo circa cinque minuti. Indossava un completo di ottimo taglio, con camicia e cravatta perfettamente intonate.

Chiara lo osservò attentamente. Era un uomo di statura e corporatura medie con una calvizie incipiente; indossava degli occhiali a forte gradazione che indicavano una forte miopia, e dietro di essi si intravedevano due occhi grigi che denotavano intelligenza, ma anche malizia o addirittura crudeltà, e anche le labbra sottili facevano lo stesso effetto. Nell'insieme appariva come una persona sgradevole e poco empatica.

La prima cosa che notò Chiara fu che, quando lui la vide, trasalì leggermente. Forse perché indossava una divisa? Possibile, ma la giovane donna ebbe l'impressione che ci fosse qualcosa di più. Che l'avesse riconosciuta come una delle persone che avevano interrogato la moglie? Impossibile, Fortini non era presente.

L'uomo si sedette di fronte a lei, dall'altra parte del tavolo, fece un sorriso untuoso e portò le mani avanti, congiungendo le dita.

«Buongiorno, vicecommissario, mi dica.» Chiara si sentì a disagio; qualcuno avrebbe potuto definire la sua voce suadente, ma lei la trovò soltanto viscida, come tutto il resto di quell'uomo.

«Buongiorno a lei, signor Fortini. Immagino che il signor Panzironi le abbia spiegato il motivo della mia presenza qui.»

Lui annuì. «Armando mi ha parlato, sì.»

«Bene; allora cerchiamo di metterci alle spalle questa storia quanto prima possibile. Lei sa che ho parlato con sua moglie, la signora Marta Michelini, nella giornata di ieri.»

«Lo so. Era con un collega, ieri. Come mai oggi è venuta da sola?»

Chiara si sforzò di sorridere. «Il fatto che sia qui da sola dovrebbe farle capire che non diamo particolare importanza alla vicenda. Diciamo che è solo una formalità. O meglio, un atto dovuto.»

«Quello che era venuto l'altra volta non aveva la divisa, come mai?» Chiese Fortini, spiazzandola un po'.

«Beh, lui è della squadra mobile, vanno in giro in borghese. Io mi occupo normalmente di lavoro d'ufficio: denunce e polizia amministrativa.»

«Già, mi rendo conto. Lei non va in giro ad investigare di solito, perciò.»

«Esatto; e questo è un altro argomento che le fa capire che sono qui solo perché qualcuno doveva pur venire ad interrogare anche lei.»

Prima di rispondere lui fece un sorriso il cui significato pareva essere qualcosa come "in pratica mi stai dicendo che tu non conti un cazzo". «Bene. Cos'è che vuole sapere, allora?»

«Solo se conferma la versione di sua moglie, cioè che stavate portando giù la spazzatura, un sacco per ognuno, che la signora era davanti a lei e che ad un tratto è scivolata.»

«Esatto, vicecommissario. Le cose sono andate proprio in questa maniera. Mia moglie è più che altro sbadata, sa? Certo, so che lei le ha consigliato di contattare uno specialista per vedere se i suoi problemi di deambulazione siano dovuti a una labirintite, o a sbalzi di pressione, ma io sono convinto che Marta abbia solo bisogno di stare più attenta, quando scende le scale.»

«Bene, allora penso non ci sia altro. Mi bastava questa conferma.»

«Davvero, tutto qui? Io penso che ci sia altro, invece.»

«Come dice, scusi?»

«Andiamo, vicecommissario, non faccia finta di non essere incuriosita dalle mie disponibilità economiche.»

«Oh. Sì, capisco: ho fatto a sua moglie delle domande su quell'arredamento costoso, e lei glielo ha riferito.»

«Evidentemente. Ma non si preoccupi, capisco la sua curiosità e non la biasimo per questo. È normale che lei abbia pensato che un semplice contabile non dovrebbe potersi permettersi tutto quel lusso.»

Chiara ridacchiò. «Sa com'è: in me si sommano la tipica curiosità femminile e la deformazione professionale della polizia, che sospetta di tutto e di tutti.»

«Come ho detto, la capisco. E anche se so che Armando le ha già detto qualcosa, vorrei comunque completare la spiegazione.»

«D'accordo, faccia pure.»

«Ecco, oltre allo stipendio e ai dividendi delle azioni della società, io sono collaboratore esterno per molte altre aziende e istituti di credito, e addirittura di qualche ente pubblico.»

«Capisco, corrisponde a quanto mi ha detto l'amministratore delegato. Ma le posso chiedere quanto ha speso, a suo tempo, per acquistare le azioni attualmente in suo possesso?»

«Meno di trentamila euro, quattro anni fa; in seguito ne ho acquistate altri quindicimila euro, con un piano di accumulo. In pratica ho sborsato circa quarantacinquemila euro per titoli che ora ne valgono più di seicentomila, e staccano dividendi annuali per venticinquemila euro.»

«Però. Complimenti per la lungimiranza.»

«Invece,» proseguì imperterrito e baldanzoso l'uomo, «le parcelle per le consulenze esterne mi rendono in media quattromila euro al mese.»

«Certo, deve essere redditizio, ma non le lascerà molto tempo libero.»

Lui sorrise ironico. «Perché, lei pensa che io mi occupi di queste collaborazioni lavorando da casa?»

«Beh, e da dove, altrimenti? Non potrà farlo certamente da qui.»

«E invece sì. Della mia giornata tipo di otto ore, in media due sono per le collaborazioni esterne.»

Chiara era attonita. «E cosa ne dice il signor Panzironi? A proposito, lo sa?»

«Certo che lo sa, e gli va bene così. È vero, io do ad Armando solo sei ore del mio tempo, ma in quelle sei ore io faccio quello che un contabile normodotato farebbe in venti. Quindi lui ci guadagna comunque. Abbiamo un accordo, glielo chieda pure.»

«Si figuri, mi fido. Certo che lei deve essere proprio bravo nel suo lavoro.»

«Sono il migliore. Si fidi.»

La donna lo fissò, chiedendosi perché lui le stesse dicendo quelle cose. Voleva nutrire il suo ego? La stava sfidando? Rispose con calma: «Bene. Chiarito anche quest'ultimo punto, la lascio andare, visto che il suo tempo è così prezioso.»

Lui rispose con un sorriso sghembo che la turbò. Forse era solo la sua immaginazione, ma dietro quel ghigno le sembrò di leggere un "non mi sono bevuto la tua stronzata, che è solo una formalità; so che tu sai che io picchio quella troia di mia moglie; ma so anche che non hai nessuna speranza di dimostrarlo".

Tentò di rispondere con un ghigno del tipo "so che tu credi di essere al sicuro, ma io ti sbatterò dentro, figlio di puttana", ma non ci riuscì tanto bene: evidentemente non era abbastanza cattiva.

Con lo sguardo trionfante di colui che è sicuro di aver vinto, Piercarlo Fortini si alzò dalla sedia e la salutò con un secco buongiorno.

*

Chiara raccolse un po' le idee e dopo un minuto uscì nel corridoio. Voleva andare a salutare Panzironi prima di lasciare l'edificio, ma sentì il bisogno di usare il bagno: non tanto per un bisogno fisiologico, quanto per un desiderio di lavarsi un po'. Si sentiva quasi sporca, dopo essere stata per un po' di tempo a un metro di distanza da quel serpente di Fortini.

C'erano dei servizi igienici in fondo al corridoio, dal lato opposto rispetto all'ufficio di Panzironi, e lei vi si diresse; se ci fosse stato in giro qualcuno avrebbe naturalmente chiesto il permesso, ma tutte le porte erano chiuse e non si sentiva alcun rumore; evidentemente l'amministratore delegato era convinto che una buona insonorizzazione favorisse il raggiungimento di una elevata produttività nell'ambiente di lavoro.

Il locale era buio, ma lei non accese la luce; per quello che doveva fare non ne aveva bisogno. Si lavò la faccia e le mani e si asciugò, poi mentre stava per uscire vide, nella sottile striscia di corridoio visibile tra la porta e lo stipite, che dall'ufficio di Panzironi stava emergendo quel verme di Fortini, che evidentemente era andato a rassicurare il suo capo che era tutto a posto e che non c'era nessun pericolo che l'azienda perdesse il suo supercontabile. Poi accadde qualcosa di strano.

CAPITOLO 9

Un uomo molto giovane e molto agitato sopraggiunse dalla rampa delle scale, proveniente dal piano superiore, e afferrò per un braccio Fortini che, evidentemente infastidito, si guardò intorno per accertarsi che nessuno stesse assistendo alla scena.

Chiara si tirò indietro istintivamente, prima di rendersi conto che non ce n'era bisogno: era del tutto al buio e nessuno poteva vederla.

Lentamente ed evitando di far rumore prese il lo *smartphone* e scattò una foto dei due, usando un forte ingrandimento, e cercando nel contempo anche di capire che cosa si stessero dicendo. Tuttavia Fortini e il giovane parlottavano sottovoce, e riuscì solo capire poche parole, come "polizia", "pericolo", perché", e neanche di quelle era del tutto sicura. La cosa che comunque la colpì di più fu la differenza stridente tra i due, almeno per quanto riguardava l'aspetto: Fortini era ben vestito e rasato, l'altro aveva una felpa che non dava l'idea di essere fresca di bucato, era spettinato e il suo viso mostrava qualche chiazza di peluria, che non si poteva ancora definire barba. Portava occhiali da vista di fattura un po' bizzarra, di più colori.

Dopo un po' i due si lasciarono; il giovane, solo parzialmente rassicurato, tornò sui suoi passi per risalire al piano di sopra, e Fortini entrò in un ufficio proprio di fronte a quello di Armando Panzironi.

E fu da quest'ultimo che Chiara si recò, dopo aver aspettato un altro minuto in bagno. Dopotutto era stato gentile con lei, e voleva salutarlo come si conveniva. E magari anche chiedergli qualche informazione ulteriore.

*

Pranzò ancora con Pietro Miccoli, ma stavolta in un bar che serviva anche qualcosa da mangiare. Presero entrambi una piadina farcita, prevalentemente con verdura per lei, con prosciutto e formaggio per lui.

Chiara gli lanciò uno sguardo di disapprovazione. «Quel formaggio non è proprio indicato per uno della tua età.»

«Uno della mia età? Ma se ho solo quarantadue anni.»

«Se mangiassi più verdura avresti buone probabilità di metterne insieme altri quarantadue.»

«No, grazie. Vivere malato per morire sano non è la mia massima aspirazione. E poi le mie ultime analisi dicono che tendo ad avere il colesterolo basso, per una questione genetica. Ma tu non hai voluto pranzare con me per battibeccare sulla salubrità o meno della mia dieta.»

«No, infatti. Ho voluto pranzare con te perché sei una persona simpatica, con cui mi trovo benissimo.»

«Naturalmente. E anche per …?»

«E anche per dirti che l'interrogatorio di Fortini mi ha lasciata incazzata e decisa a incastrarlo. È un essere odioso, sa di esserlo e si impegna con grande successo per diventarlo ancora di più. Un serpente viscido.»

«Pare che la pelle dei serpenti non sia affatto viscida.»

«Sii serio, Pietro. Sto parlando di una cosa importante.»

«E nonostante ciò ogni tanto dobbiamo cercare di sdrammatizzare, altrimenti questo lavoro ci mangerà vivi. Rilassati, ogni tanto, e non stare sempre lì a pensare a quel delinquente. Quando avrai qualche anno in più capirai il senso delle mie parole.»

«Mi rilasserò quando l'avremo incastrato.»

«No, perché quando l'avremo incastrato, sempre ammesso che ci riusciamo, ci sarà qualche altro caso che ti assorbirà e ti terrà sulla corda. E così lo stress si accumula, e poi ... bum.»

«E allora non dovrei metterci impegno? Fregarmene, come evidentemente fa Michele?»

«Certo che no. Devi dare il massimo, ma poi ogni tanto apri la valvola. Pensa alle cose belle che ci sono nella tua vita. Coltiva altri interessi.»

«Quindi non vuoi che ti parli del caso, adesso?»

Miccoli ci pensò su un attimo. «Va bene, facciamo un'eccezione, per stavolta. Ma non voglio assolutamente che stasera a cena tu parli di lavoro. O di donne picchiate.»

«Capisco. Vuoi tenere la tua famiglia fuori dal casino.»

«Non c'è bisogno che anche loro tocchino con mano quanto è brutto il mondo. Ma adesso dimmi, a parte la tua sensazione, diciamo così, di pelle, cosa ti ha detto Fortini?»

«Niente di speciale per quanto riguarda l'incidente. Invece ha giustificato in modo abbastanza puntuale le sue fonti di reddito: oltre ad uno stipendio piuttosto elevato ci sono i dividendi delle azioni, e soprattutto collaborazioni con altre aziende. Pare che sia un asso, nel suo lavoro.»

«E così la tua teoria sulla ricchezza occulta di Fortini è andata a farsi benedire.»

«Però c'è una cosa che non mi suona tanto bene. Fortini ha ammesso che in una parte delle ore che lui passa in ufficio lui si dedica alle consulenze esterne, anche se con il tacito consenso di Panzironi, che evidentemente lo accontenta per non perdere un collaboratore così efficiente; non è molto etico, no?»

«Non è neanche illegale. Se Panzironi è d'accordo nel concedergli tempo e attrezzature informatiche per quelle faccende, affari suoi. Fosse stato nel settore pubblico, ti direi anch'io che è una cosa grave, ma nel privato non è così. Anzi, non parlare di questo con Merlin, è uno che vuole che si vada al sodo, e questa per lui sarebbe solo una divagazione.»

«Non dirmi che non intendi più appoggiarmi davanti al procuratore?»

«Non ho detto questo. Ho promesso di farlo e lo farò, sempre che tu sia ancora convinta che ne valga la pena, alla luce di questi nuovi elementi.»

«Guarda che è stato Fortini stesso a parlarmi dei suoi soldi. Io non gli avevo chiesto niente. E perché farlo, allora, se non per mettere le mani avanti ed evitare che approfondissimo la faccenda? E poi abbiamo solo la sua parola che le sue fonti di reddito siano quelle da lui dichiarate; beh, la sua e quella di Panzironi, per essere precisi.»

«Il suo principale lo spalleggia?»

«Di certo ha una grande opinione di lui. Pensa che sia un lavoratore molto produttivo ed efficiente, e probabilmente è vero. Fortini sembra piuttosto intelligente, e di sicuro è pieno di sé.»

«Ma pensi che Panzironi sia al corrente di quello che Fortini fa alla moglie?»

«No, non credo. È un tipo all'antica, e mi è sembrato fondamentalmente onesto. Ma non si può mai dire.»

«Bene, allora. Non hai altro da riferirmi, immagino.»

«Invece sì. Mi sono tenuta il meglio per ultimo. Mentre stavo andando via un ragazzo è andato da Fortini. Era molto preoccupato, quasi isterico, e il nostro contabile si è sforzato di calmarlo.»

«E tu dov'eri?»

«In un bagno in cui non potevano vedermi.»

«E hai sentito quello che si sono detti?»

«Qualche parola. Mi è sembrato che quello giovane fosse in ansia per causa mia; insomma, perché la polizia era venuta ad interrogare Piercarlo.»

«E tu cosa ne hai dedotto?»

«Beh, ma è ovvio, no? Quel tizio ha degli affari sporchi in comune con Piercarlo, e vedendo una divisa avrà pensato che fossi lì per quel motivo.»

«Ci possono essere mille altre spiegazioni.»

«Me ne vuoi dire una?»

«Questo ragazzo è uno che si fa. Magari non roba pesante, forse solo un po' di erba. Oppure è un informatico che ha violato qualche database importante, anche solo per gioco; sai come sono quei tizi. Oppure è uno a cui piacciono i trans, e ha paura che le forze dell'ordine ne siano venute a conoscenza, e tu sia venuta a far domande ai suoi colleghi per accertare se è vero. Ne vuoi ancora?»

«No, basta così. D'accordo, può darsi che non ci sia sotto niente di particolare, anche se quelli che hai elencato tu sono tutti comportamenti che si suppone noi dovremmo reprimere.»

«Ancora una volta mi vedo costretto a ricordarti che è il caso di stare concentrati sul caso che stiamo trattando. Le probabilità che questo tizio abbia a che fare con i pestaggi di Fortini, o con suoi possibili atti criminosi di natura finanziaria, sono secondo me minimi.»

«D'accordo, per il momento non ci penserò più,» mentì Chiara. «Posso almeno farti vedere una foto del giovanotto?»

Miccoli alzò le spalle. «Perché no?»

Chiara accese lo *smartphone* ed aprì la galleria delle immagini. Miccoli guardò e sorrise. «Potrei averci azzeccato, sai? Due su tre, almeno. Sembra uno di quegli strani genietti del computer, e secondo me ha assaggiato l'erba più di una volta. Invece non mi dà l'impressione di essere uno che va con i trans.»

«Beh, chissà chi è. Come hai detto, non pensiamoci più,» disse Chiara, attaccando il dolce, una panna cotta dall'aspetto triste e desolato.

Miccoli la guardò di sottecchi. Se pensi che me la beva, Chiara, si vede che non mi conosci, pensò.

*

Svolsero lavoro d'ufficio per parte del pomeriggio, poi alle quindici e trenta si prepararono per andare dal procuratore aggiunto Merlin.

*

Non era imparentato in alcun modo con Lina Merlin, la senatrice padovana che fece approvare nel 1958 una legge che abolì lo sfruttamento della prostituzione, in pratica eliminando le case chiuse, ma la cosa non impediva ad alcuni colleghi di fare battute in tema quando incontravano il procuratore aggiunto Augusto Merlin, padovano come la sua omonima, un uomo di quarantacinque anni che dietro un aspetto del tutto ordinario nascondeva una mente arguta e intelligente.

Merlin non se la prendeva, anzi aveva sempre la battuta pronta, tale da spiazzare chi pensava di burlarsi di lui. Quando una collega belloccia e non proprio acutissima gli aveva chiesto se intendeva darsi da fare per riaprire i bordelli, lui le aveva chiesto quale sarebbe stata la sua tariffa, nel caso. Lei ora cercava di evitarlo ogni volta che poteva.

«Allora, signori, cosa posso fare per voi?» Chiese sbrigativo, subito dopo aver stretto loro la mano. Il messaggio era ovvio: sono un uomo impegnato, quindi non fatemi perdere tempo.

Con ammirevole capacità di sintesi, Miccoli spiegò in pochi minuti tutta la storia, esprimendo la sua convinzione che Marta Michelini fosse davvero sottoposta ad angherie da parte del marito, e che forse quelle fisiche non erano nemmeno le peggiori, ma soltanto le più evidenti. Poi parlò del lusso riscontrato nell'appartamento dell'uomo.

La cosa destò l'interesse di Merlin. «L'uomo ha detto qualcosa per giustificare in qualche modo il suo tenore di vita? Non che ne avesse strettamente bisogno, per il momento, visto che la cosa non è attualmente oggetto d'indagine.»

Fu Chiara a rispondere. «Sì, signor procuratore. Ha addotto redditi da capitale e proventi da consulenze esterne. Ma non abbiamo ancora riscontri in merito.»

Merlin la fissò. «Mi dica di lei.»

«Come, scusi?»

«Ha sentito bene. Lei è quella che evidentemente vuole approfondire le indagini, e io penso di conoscerne il motivo. Mi dica se sbaglio: lei vuole aiutare questa donna, e non potendolo fare in base alla violenza domestica, perché Marta Michelini è reticente al riguardo, lei ha deciso di tentare una scorciatoia. *Follow the money.* Stai dietro ai soldi, e troverai qualcosa di marcio; così Il Fortini va in galera e Marta è libera; sempre che il reato patrimoniale sia abbastanza grave, è chiaro.»

«Può darsi che sia così,» ammise Chiara. «Che cosa ci sarebbe di male?»

«Assolutamente niente. Anzi, rappresenterebbe una testimonianza della sua dedizione al lavoro; il desiderio di aiutare le vittime è sempre degno di encomio. Ed è proprio per questo motivo che voglio sapere qualcosa di lei.»

Chiara era un po' confusa. «Devo intenderlo come un complimento?»

Il magistrato allargò le braccia. «Le sto dicendo che è una persona meritevole di essere conosciuta, quindi ritengo che dovrebbe prenderlo come tale.»

«Avevo l'impressione che non avesse molto tempo.»

«Non ho molto tempo *da sprecare*. Ma non credo che il suo caso rientri in questa fattispecie.»

La giovane sorrise nel sentire quel linguaggio infarcito di termini giuridici. «Va bene, allora. Sono il vicecommissario Chiara Paradisi, sono di Torino, ho fatto la Scuola superiore di polizia a Roma e ora sto facendo il tirocinio pratico, e il commissario capo Miccoli è il mio supervisore. Sono specializzata in psicologia criminale, e spero che, una volta che sarò commissario, potrò essere inserita in una squadra mobile.»

«Quindi lei vuole acciuffare i furfanti. Bene, vicecommissario, le faccio i miei migliori auguri.»

«Grazie. Sarei ancora più felice se mi facesse anche un mandato per indagare la situazione patrimoniale del signor Fortini.»

Merlin scoppiò a ridere. «Diretta e concreta. Così mi piace.» Poi tornò serio, rivolgendosi ad entrambi i poliziotti. «Darò ordine al mio cancelliere di predisporre il documento, poi io lo sottoscriverò e ve lo inoltrerò. Ma se questi approfondimenti non dovessero dare risultati concreti entro un paio di giorni, temo che dovrete lasciar perdere. Non si possono vincere tutte le battaglie.» Così dicendo, il magistrato si alzò, lasciando intendere che considerava il colloquio concluso.

Chiara volle avere l'ultima parola. «Speriamo di vincere, stavolta. Perché altrimenti noi perderemmo solo una battaglia, ma Marta potrebbe perdere la vita.»

CAPITOLO 10

Uscirono dagli uffici della procura della Repubblica un po' dopo le sedici e trenta, e Chiara chiese a Miccoli se le permetteva di andarsene a casa; non aveva senso per lei tornare in commissariato per un'altra mezzoretta di lavoro, dal momento che la giovane donna abitava a meno di un chilometro dalla loro posizione attuale; il commissario capo fu d'accordo.

«Grazie, Pietro, ti ringrazio davvero,» rispose lei. «Tra l'altro, devo cominciare a studiare il codice di procedura penale; avevo intenzione di farlo ieri sera, ma con tutto quello che poi è capitato … »

«D'accordo, allora. Io vado in commissariato a chiudere baracca. Vuoi che prima ti porti in macchina a casa tua?»

«No, ti ringrazio. Quattro passi mi faranno bene.»

«D'accordo. Allora, a stasera. Alle diciannove e trenta va bene?»

«Perfetto, alle diciannove e trenta sarò da te.»

*

Rimasta sola, Chiara non si diresse però verso ovest, dove abitava con la sua famiglia, bensì in direzione nord-est. Dopo un buon quarto d'ora di cammino era arrivata davanti ad un palazzo di uffici della Regione Piemonte. Diede un'occhiata all'orologio, e vide che mancavano solo tre minuti alle diciassette. Si mise ad aspettare, e dopo un po' la sua attesa fu premiata. Sorrise e avanzò verso una signora elegante, con uno spolverino sopra il braccio, che stava uscendo dall'entrata principale, e la salutò agitando una mano. «Mamma!»

Grazia Rinaldi, sposata Paradisi, la guardò stupita. «Chiara, come mai qui? Credevo che finissi il tuo turno un po' più tardi.»

«Sì, ma sono stata in procura e Pietro mi ha lasciato andare prima, visto che ero nei paraggi.»

Sua madre aggrottò la fronte. «Non me la racconti giusta. Dalla procura facevi prima andando verso casa che venendo qui da me. È forse successo qualcosa?» Spalancò gli occhi, ansiosa. «Mio Dio. Non si tratterà mica di Marina?»

«No, mamma, non preoccuparti. È che mi serve la macchina. Per lavoro.»

«E perché non sei andata con Pietro, allora? Non dirmi che stai facendo di testa tua, senza dirgli niente.»

«Ti prego, mamma. Devo solo controllare una cosa, e preferisco farlo da sola.»

«D'accordo, allora, tanto da qui a casa con l'autobus è comodo. Eccoti le chiavi.»

«Grazie, mamma. Ah, scusa, credo anche che dopo aver sbrigato questa faccenda andrò direttamente da Pietro.»

«Giusto, quasi dimenticavo che ti ha invitata a cena. Ci vediamo stasera.»

«Un'ultima cosa, mamma. Puoi darmi il soprabito? Tanto è una giornata calda.»

Sua madre la guardò con apprensione. «Vuoi travestirti? Non ti starai cacciando in qualcosa di pericoloso, vero?»

«Tranquilla, non voglio travestirmi, ma semplicemente nascondere la divisa. E siccome non posso andare in giro nuda … »

«Non scherzare. E chiamami, quando hai finito con questa … faccenda.»

SANGUE SUL COLLE DI SUPERGA

«Promesso.»

*

La Panda bianca di sua madre era quello che ci voleva per non dare nell'occhio. Con il soprabito che impediva di riconoscere la divisa, con i capelli sciolti e gli occhiali da sole, contava sul fatto che non l'avrebbero associata alla poliziotta arrivata lì al mattino, almeno vedendola da lontano.

Durante la sua prima visita aveva rilevato che c'era un capannone piuttosto scalcinato dal cui cortile si poteva vedere chi entrava o usciva dal parcheggio delle Panzironi S.r.l.

Parcheggiò proprio in quel cortile e si guardò attorno. Quel posto aveva visto tempi migliori, e ora sembrava funzionare solo come magazzino temporaneo di merci di altre aziende.

C'era un sorvegliante, tuttavia, che dopo qualche minuto la vide e le fece segno di andarsene. Le sembrava un tipo male in arnese, e Chiara estrasse dal portafogli una banconota da cinquanta euro. «Senta, il mio fidanzato lavora nella ditta di Panzironi; sto solo cercando di capire se è vero quello che sospetto, cioè che mi sta facendo le corna.»

L'uomo annuì e la lasciò in pace: era evidentemente molto più interessato alla banconota che alla sua squallida situazione sentimentale.

*

Verso le diciotto, come Panzironi stesso le aveva detto, i dipendenti cominciarono ad uscire. Uno delle prime automobili a sgombrare l'ampio parcheggio fu la Mercedes di Piercarlo Fortini, che non diede segno di averla vista. Una delle ultime fu una Ford Mondeo nuova, e il guidatore era un giovane con i capelli scompigliati e poca peluria sulle guance. Macchina costosa, anche se meno di quella di Fortini; interessante, pensò lei.

Panzironi non si vedeva, ma non era lui l'obiettivo di Chiara, che ingranò la marcia e uscì dal cortile per seguire il giovane.

*

La Ford puntò a sud, poi imboccò corso Primo Levi, dirigendosi a ovest. Arrivata all'altezza di Rivoli, un grosso comune dell'area metropolitana di Torino, la macchina imboccò la prima delle entrate che conducevano nel centro abitato.

Dopo meno di un minuto il giovane parcheggiò sul lato della strada e scese. Non aveva un atteggiamento circospetto, nonostante l'agitazione da lui evidenziata in mattinata; evidentemente Fortini era riuscito a rassicurarlo. Chiara proseguì per una trentina di metri, poi parcheggiò anche lei, e osservò nello specchietto retrovisore lo svolgersi degli eventi.

Il giovane scese ed entrò in una vecchia casa, che a giudicare dalle ridotte dimensioni esterne e dal numero di finestre poteva avere tre o quattro appartamenti, e Chiara non poté fare a meno di notare la stranezza e l'incoerenza di quello che aveva visto: un giovane trasandato, sia nel vestiario che nella cura della persona, che viveva in un appartamento dello stesso basso livello. Ma che guidava una macchina costosa e nuovissima, con la carrozzeria lustra come uno specchio.

C'era poca gente per strada; aspettò comunque ancora un paio di minuti, poi mise gli occhiali da sole e scese, assicurandosi di avere il soprabito ben chiuso, poi cominciò a passeggiare con noncuranza sul marciapiede; nel frattempo estrasse lo *smartphone* di tasca, armeggiò un po' con lo schermo, poi se lo portò all'orecchio e cominciò a parlare.

In realtà non c'era nessuna conversazione in corso, e la giovane aveva invece attivato la fotocamera. Arrivata all'altezza del citofono esterno della casa del ragazzo, con mossa rapida posizionò l'apparecchio a una trentina di centimetri e fece uno scatto; poi prese anche un paio di foto della casa. Pur essendo stata velocissima, aveva fatto in tempo a notare che c'erano sei campanelli, il che stava a significare che gli appartamenti dovevano essere veramente piccoli.

Rimesso lo *smartphone* in tasca, proseguì tranquillamente la passeggiata, e tornò indietro dopo una decina di minuti, un po' accaldata per aver dovuto tenere il soprabito. Raggiunse la Panda, mise in moto e ripartì.

Erano le diciotto e quaranta. Se fosse passata da casa sua a cambiarsi prima di andare da Pietro avrebbe dovuto entrare in città e poi uscirne in un'ora in cui il traffico non era proprio scorrevole; decise quindi di andare direttamente a Moncalieri utilizzando la tangenziale sud. Doveva solo pensare ad una scusa valida per giustificare il fatto di essere ancora in divisa; non era ancora il caso di parlare con Pietro della sua gita fuori città.

Quando arrivò a destinazione la scusa era pronta: la mamma mi ha chiamata perché alla fine della sua giornata di lavoro non era riuscita a far partire la macchina, allora io sono andata da lei a piedi, poi è arrivato il meccanico e la cosa ci ha fatto perdere un sacco di tempo, così la mamma è andata a casa in autobus e io ho preso la macchina per venire da te, e naturalmente non ho avuto né il tempo né un posto per cambiarmi … mi credi, vero, Pietro?

*

«Chiara, sei in leggero anticipo. E come mai ancora in divisa?» L'accolse il suo superiore sul cancello della sua villetta unifamiliare.

A quel punto lei si rese conto che tirar fuori una scusa significava mentire, ed era qualcosa che non voleva fare con lui. «Scusa, Pietro, ma non sono nemmeno arrivata a casa. Avevo qualcosa da fare, e allora ho chiesto a mamma che mi prestasse la macchina; in seguito non ho più avuto tempo per andare a cambiarmi.»

«Qualcosa da fare, eh? Riguarda il lavoro, immagino.»

«Sì, quindi seguirò il tuo consiglio. Non parlarne quando si è fuori servizio, per non far aumentare il livello di stress.»

«Mi stai dicendo che stasera non mi dirai niente di dove sei stata?»

«Esatto, ma ti assicuro che domani mattina saprai tutto. Anzi no, domani è il primo maggio. Dopodomani, allora.»

Lui alzò le spalle; non appariva molto convinto, ma non ne fece una questione di Stato. «Va bene, collega. Entra, che ti presento alla mia famiglia.»

*

Miccoli aveva una moglie di nome Elisa, poi c'erano Carlo, Giada e Stefania, rispettivamente di quattordici, undici e quattro anni. Il tavolo in sala da pranzo era ancora vuoto, e Chiara ne approfittò per metterci sopra la bottiglia di Cabernet che aveva acquistato in un negozietto di Rivoli che aveva trovato ancora aperto.

«Sei proprio una bella ragazza, Chiara,» disse Elisa, mentre finiva di cuocere delle cotolette. «Non mi meraviglio che mio marito sia sempre entusiasta di andare al lavoro.»

Carlo alzò gli occhi al cielo, mentre Giada ridacchiò della battuta, e un attimo dopo anche la piccola Stefania fece lo stesso.

Chiara si sentì in dovere di replicare. «Tuo marito è un buon capo, Elisa, ma non affronterei mai la gelosia di una siciliana.»

Elisa rise. «Non preoccuparti, ormai sono qui da quasi vent'anni anch'io, e mi sento più torinese che palermitana. Allora, come va lo studio? So che dovrai sostenere l'esame, in settembre.»

«Sì, mi sto preparando; sono soprattutto discipline giuridiche, e non mi piacciono molto, quindi per me è abbastanza faticoso, ma questa è la carriera che mi sono scelta io, quindi non è il caso che mi lamenti. Tu cosa fai nella vita, Elisa?»

«Sono maestra elementare, anche se da un paio di anni sono a tempo parziale. Avevo ottenuto una supplenza qui a Nichelino, tanto tempo fa, ho conosciuto il mio conterraneo qui presente e non ho più pensato di tornare giù.»

In quel momento Chiara si rese conto che sapeva molto poco del passato del suo capo. «Adesso che ci penso, Pietro, tu non mi hai mai detto molto di te.»

«Hai ragione. Beh, è una storia un po' particolare, la mia. Hai tempo di starla a sentire?»

«Ti sembra che abbia qualcos'altro da fare?»

«D'accordo, allora. Iniziamo con mio nonno Carmelo, di Mondello, che si fa tutta la schifosa guerra in fanteria, e poi viene qui a lavorare per la Fiat. E naturalmente incontra una donna della sua terra, di Siracusa per la precisione, e la sposa. Nascono quattro figli, uno dei quali è mio padre Giuseppe, nel 1953. Giuseppe lavora anche lui alla Fiat, fino al 1985, quando il nonno muore e papà decide di tornarsene al sud per investire i risparmi accumulati in una trattoria; io avevo otto anni, e andai con lui insieme a mia madre e a mio fratello Gino. Gli altri tre figli di nonno Carmelo sono andati a stare tutti all'estero, e la nonna è venuta con noi»

«E le cose sono andate bene?»

«Insomma. Sarebbero andate meglio se non ci fossero stati dei personaggi che, diciamo così, offrivano protezione senza che la stessa fosse richiesta.»

«Capisco. Doveva pagare il pizzo.»

«Esatto. E la cosa gli pesava un sacco. In termini economici, anche, ma soprattutto perché sentiva che così la sua dignità veniva calpestata. A volte malediceva il fatto di essere ritornato.»

«Ed è stato questo a spingerti in polizia?»

«Immagino di sì. Certe cose non dovrebbero succedere, perché non è giusto. E la gente non dovrebbe mai abituarcisi.»

«E poi sei tornato a Torino.»

«Sì. Diciassette anni fa si erano liberati dei posti, e io ho scelto questo. Adesso papà e mamma sono in pensione, e io vado a trovarli ogni tanto. E mio padre mi dice sempre che ho fatto bene, che qui non devo rodermi il fegato come ha dovuto fare lui per tanti anni.» Si girò per ammirare la pirofila che la moglie stava portando in tavola.

«Ecco qua,» disse lei allegra. «Pasta con le sarde; spero che mi sia venuta bene, dopo tanti anni che sto quassù ho un po' perso il tocco palermitano in cucina.»

«Non cucini più piatti siciliani?» Le chiese Chiara.

«Solo quando ci sono ospiti speciali. Ormai mi sento torinese, come ti ho già detto. Ma per fare una buona impressione su di te mi sono messa ai fornelli presto, oggi. Per secondo avremo bistecca alla siciliana, e come dolce i classici cannoli.»

«Tutto questo per me? Non dovevi disturbarti così.»

«Ogni tanto mi fa bene tornare alle mie origini, quindi non dartene pensiero. Solo, fammi sapere se è buono.»

CAPITOLO 11

Mangiarono tutti di gusto. Chiara aveva osservato attentamente le dinamiche famigliari, e quando fu servito il secondo aveva capito alcune cose, per esempio che Carlo, un po' perché era più grande, ma soprattutto perché era un maschio, era abbastanza distaccato dalle sorelle. Queste ultime invece erano praticamente in simbiosi, con Giada che interpretava in pieno il ruolo della sorella maggiore, e come tale faceva un po' da mamma alla piccola Stefania. Però non era veramente la mamma, quindi tra di loro c'era anche della sana competizione.

«Chiara, ci acconti una barselletta?» Le chiese Stefania.

Giada alzò gli occhi al cielo. «Si dice barzelletta, con la zeta. Ed è inutile che Chiara te ne racconti una, perché tanto tu non le capisci.»

La piccola mise il broncio. «Non è vero che non le capicco. Acconta, Chiara.»

«Uhm … e va bene. Allora, ci sono due bistecche, proprio come quelle che abbiamo adesso nel nostro piatto, solo che queste sono in una padella e stanno cuocendo in un intingolo molto salato. Ad un certo punto una delle due dice all'altra: "Non sembra anche a te che ci sia un po' troppo sale, in questo

74

sughetto?" E allora l'altra si mette a gridare spaventata: "Aiuto, una bistecca parlante!".»

Giada scoppiò a ridere, mentre Stefania fece una faccia delusa. «Ma le bittecche non pallano.»

«In questa barzelletta invece sì, ed è proprio quello il bello,» le disse la sorella maggiore. Vedendo che l'espressione della piccola era sempre più confusa, precisò: «È semplicissimo, testona. Tutte e due parlano, quindi la seconda non dovrebbe meravigliarsi che l'abbia fatto anche la prima.»

La piccola alzò le spalle, sdegnata. «Le bittecche non pallano, pecciò la barselletta non vale.» Giada ridacchiò, poi afferrò la sorellina, l'attirò a sé e le diede un bacio sulla testa.

*

Dopo aver fatto onore anche ai cannoli, Chiara si offrì di aiutare a sparecchiare e a lavare i piatti, ma Elisa non ne volle sapere. «Tu sei nostra ospite. A sparecchiare ci pensa Giada, oggi è il suo turno, e per lavare i piatti abbiamo la lavastoviglie.»

«Era tutto buonissimo, Elisa, grazie.»

«Chiara, scusa,» interloquì Miccoli. «Ti va se andiamo un attimo in giardino? È una bella serata.»

«Va bene, andiamo pure.»

*

Nel piccolo giardino c'era un tavolino di cemento con alcune sedie di plastica, su due delle quali Chiara e Miccoli si sedettero. C'era una luna molto luminosa, anche se non era ancora piena. Chiara fu la prima a parlare. «Speri che ti dica qualcosa di quello che ho fatto stasera? Non si può aspettare dopodomani?»

«Come dici? No, no, guarda che non ci pensavo nemmeno; sono piuttosto bravo a compartimentalizzare, e so tenere a freno la curiosità. No, in realtà volevo chiederti come stai gestendo la faccenda di tua sorella, dal lato emozionale.»

«Non so bene, ma mi sto pian piano abituando all'idea. Ho un po' paura, ma sono anche contenta, perché ho visto una cosa che mi ha reso felice e orgogliosa di Marina. E cioè che lei sta affrontando la prospettiva di essere operata con grande coraggio. Più di me, in realtà, o dei miei genitori.»

Lui annuì. «Le prove dolorose fanno emergere il nostro lato vero. Non il migliore o il peggiore, ma quello vero. Marina è fortunata, nella sfortuna.»

«Immagino di sì. L'ho sempre quasi considerata come una figlia, piuttosto che una sorella, a causa della differenza d'età. Un po' la stessa dinamica che ho visto tra Giada e Stefania.» Si interruppe un attimo, lo sguardo che spaziava lontano, nel buio. «Tutto sommato posso dire che abbiamo avuto un'infanzia felice, io e Marina.» Si girò verso l'uomo, anche se ormai il buio rendeva la sua presenza una macchia indistinta. «E tu, che ricordi hai dei tuoi primi anni, Pietro?»

«Bei ricordi, anch'io. Struggenti, direi. E uno prevale su tutti gli altri.»

«Dimmi, sono curiosa.»

«Sai, mio nonno era un tifoso del Grande Torino. Non un semplice tifoso, però. Lui adorava quella squadra, anche se lavorava per la Fiat, cioè per gli Agnelli. Un giorno riuscì a stringere la mano a Valentino Mazzola, e mi disse che non se la lavò per una settimana. Insomma, quel tipo lì di amore viscerale, quello che ti spinge anche a decisioni incomprensibili ai più. Per esempio, dopo la tragedia di Superga non volle più andare allo stadio, né ascoltare una partita alla radio, o in seguito guardarla in televisione. E quell'amore in parte lo trasmise anche a me. Con la differenza che io le partite le seguo.»

«Sì, ho visto un gagliardetto granata sulla tua scrivania, ma non pensavo che fosse una cosa tanto seria.»

«Eccome, se è seria. Almeno una volta al mese vado su, al colle di Superga. Qualche volta in macchina, qualche volta con il trenino a cremagliera. E una volta all'anno, il quattro maggio per la precisione, ci vado di notte, dopo le diciannove, le diciannove e trenta al massimo. Sai, è l'anniversario dello schianto, e di giorno ci sono molte celebrazioni, ma io non vi assisto. Voglio essere da solo a ricordare quella grande squadra, e la notte è il momento migliore.»

«Sul serio ci vai di notte? Ma la basilica è chiusa, di notte.»

«Certo, ma io ci vado per stare da solo davanti al monumento al Grande Torino, e poi anche per ammirare il panorama notturno della città. È uno spettacolo, credimi.»

«Di sicuro non ci vai con il trenino. Non ci sono corse, a quell'ora.»

«Ci vado a piedi. C'è un sentiero che parte da Sassi, il numero ventotto, che è lungo quattro chilometri. Lascio laggiù la macchina e mi metto a camminare. Sono abbastanza allenato, in un'ora e mezza ce la faccio. Arrivo su alle ventuno o giù di lì, alle ventidue riparto, e prima di mezzanotte sono a casa.»

«Ma è notte, santo cielo. Come ci vedi?»

«Se non c'è la luna, mi porto una pila. E comunque conosco quel sentiero come le mie tasche, ormai. Potrei farlo ad occhi chiusi.»

«Ma non hai paura?»

«Hai dimenticato che sono un poliziotto?»

«Nessuno è invulnerabile. E cosa ne dice tua moglie?»

Miccoli alzò le spalle. «Ho messo in chiaro le cose fin dall'inizio. Questo pellegrinaggio annuale per me è irrinunciabile. Lei ha acconsentito, e non se ne parla più.»

«Ci andavi con tuo nonno, vero?»

La voce dell'uomo si addolcì. «Sì, è così. Dall'età di tre anni ci siamo sempre andati, finché lui è rimasto in vita. L'ultima volta lui era già malato di cancro, ma non ha voluto rinunciare lo stesso: siamo andati su con l'ultima corsa del trenino, e poi siamo scesi a piedi. Alla fine ricordo che lui pianse; allora non capivo perché, ma adesso ovviamente lo so.»

«Sapeva che non sarebbe più tornato a rendere omaggio ai suoi eroi.»

«Esatto. Comunque, sabato prossimo è un giorno importante, per noi granata. È il settantesimo anniversario della tragedia.»

«Immagino che non te lo perderai.»

«Nemmeno per tutto l'oro del mondo. E quanto vorrei che ci fosse anche il nonno. Ma bando alle miserie, torniamo in casa e beviamoci su. Ho un liquore di fico d'India che è la fine del mondo.»

«Grazie, Pietro, ma io sono praticamente astemia. Entro senz'altro un momento a salutare i tuoi, ma dopo è meglio che vada.»

*

Anche quella notte Chiara dormì nella stanza di Marina, tanto che stava quasi pensando di trasferire lì il suo letto, invece di usare la brandina. Ma forse dopo un po' la sorella minore, passata la fase acuta di ansia, avrebbe reclamato nuovamente il suo spazio, anche perché dimostrava di saper gestire il carico emotivo meglio di quanto non si potesse pensare.

Chiara fece fatica ad addormentarsi, nonostante fosse fisicamente abbastanza stanca, perché aveva la sensazione che le fosse sfuggito qualcosa oggi; qualche dettaglio a cui non aveva prestato la dovuta attenzione. Provò a riesaminare tutta la giornata, ma non ne venne a capo, anche perché faceva sempre più fatica a concentrarsi; e infine il sonno arrivò anche per lei.

CAPITOLO 12

Mercoledì primo maggio 2019; quartiere Cenisia, Torino.

Chiara studiò le norme del codice di procedura penale per tutta la mattina. Aveva spento il cellulare per non farsi distrarre, poi alle undici e trenta decise di fare una pausa e lo riaccese per vedere se qualcuno l'aveva cercata o le avesse mandato un messaggio.

C'erano tre chiamate perse e due messaggi da parte di Michele. Questi ultimi dicevano: "Vorrei avere la possibilità di chiarire le cose tra di noi. Possiamo incontrarci?" e "Mi dispiace per quello che ho detto, ti chiedo solo di darmi la possibilità di spiegarmi.".

Una parte di lei voleva sentire cosa avesse da dire, l'altra parte era intransigente e avrebbe voluto mandarlo a quel paese; non sapendo cosa fare, decise di prendere tempo, e di lasciarlo cuocere per un po' nel suo brodo.

C'era anche una chiamata persa da parte di un numero sconosciuto; magari era solo pubblicità, ma decise di verificare. La voce che rispose non le era estranea, anche se sul momento non riuscì a identificarla. «Pronto?»

«Buongiorno, ho una chiamata persa da parte del suo numero.»

«Ah, sì. Vicecommissario Paradisi, sono Rossana Baldi, si ricorda? Della profumeria.»

«Ma certo, mi dica, Rossana.»

«Ecco, a dire la verità non sapevo se chiamarla, perché immagino che oggi sia festa anche per lei. Se disturbo, chiamo domani.»

«Non disturba affatto, anzi.»

«Allora non le dispiace se le chiedo di vederci? Ha tempo una mezz'oretta?»

«Sì, direi di sì, ma dopo le tredici, in ogni caso.»

«Perfetto. Lei dove abita?»

«In via Pragelato, quartiere Cenisia, la conosce?»

«Abbastanza. C'è una gelateria poco distante, in via Frejus, non è vero?»

«Certo, il *Dolce ghiaccio*. Fanno ottimi gelati artigianali.»

«Alle quattordici? Offro io, naturalmente.»

«Non vuol dirmi di che cosa si tratta?»

«Preferisco non farlo al telefono. Ma ovviamente l'argomento è lo stesso di cui abbiamo parlato l'altro ieri.»

«D'accordo. A dopo, allora.»

*

A pranzo Chiara si dimostrò pensierosa e poco socievole, e Saverio Paradisi fu il primo a farlo notare. «A cosa stai pensando, figliola? Sei preoccupata per tua sorella o per Michele?»

La poliziotta si riscosse. «Un po' tutte e due le cose, in realtà. E c'è anche il caso che sto seguendo a tenermi la mente occupata.»

«Beh, Chiara,» ribatté lui. «Capisco che ci tieni a far bene il tuo lavoro, ma ogni tanto bisogna un po' staccare la spina.»

«Parli come Pietro Miccoli.»

«Si vede che è un uomo saggio. L'ho incontrato solo una volta, ma mi ha fatto una buona impressione; credo che tu debba essere contenta del fatto che ti abbiano affidata a lui per il tuo praticantato.»

«Si dice tirocinio. Comunque Miccoli è tifoso del Torino. Cosa ne dice di questo uno juventino come te?»

«Sai com'è: nessuno è perfetto.»

In quel momento suonò il campanello, e Grazia aggrottò la fronte. «Chi può essere, ad ora di pranzo?»

Chiara provò una sensazione di disagio; aveva una idea abbastanza precisa sull'identità della persona che si trovava da basso in quel momento.

Risultò che aveva indovinato: si trattava di Michele, e Chiara decise di scendere, interrompendo il pranzo; non era che avesse molta fame, in ogni caso.

Lui era nell'androne della loro palazzina, e appena la vide le chiese: «Stavi pranzando?»

«E a te che ti frega? Non vorrai farmi credere che sei diventato uno che si preoccupa delle esigenze degli altri, adesso?»

«Non è vero, Chiara. Sì, scusami se sono capitato qui proprio a quest'ora, ma il fatto è che stavo vagando senza meta, e senza nessuno con cui passare questa giornata di festa.»

«Perché non vai a Cuneo dai tuoi?»

«Veramente speravo di stare un po' con te. E poi sai che testa mi farebbero mamma e papà se mi presentassi da loro senza la mia fidanzata dopo che gliene ho parlato così tanto.»

«Eh, già. Poi magari nel tuo quartiere girerebbero voci secondo cui la tua bamboletta ti ha mollato, giusto? Il tuo orgoglio di maschio ne soffrirebbe troppo.»

«No, non è così. Lo sai che ti voglio bene. E sai anche che non avrei potuto fare niente di più di quello che ho fatto, per quanto riguarda la situazione di quella donna.»

Chiara perse le staffe. «Ah, no, eh? Strano, perché io invece sono riuscita a fare di più. Ho trovato un suo collega di Rivoli che probabilmente è suo complice in qualche sporca faccenda.» Appena gli ebbe sputato in faccia quelle parole se ne pentì subito. «Guarda che ti proibisco di divulgare questa informazione; è materia di un'indagine in corso.»

«Figurati se mi interessa. Sarà un'altra cantonata che hai preso.»

«Dovevi proprio dirmi quest'altra cattiveria, vero? Non puoi in nessun modo accettare che una donna sia più in gamba di te, nemmeno se è la *tua* donna.»

«Che tu sia più in gamba di me è una tua convinzione. E poi, perché te la prendi tanto per una che ha deciso di lasciarsi menare? Perché vuoi aiutarla contro la sua volontà?»

Chiara scosse la testa, amareggiata. «Sai qual è la differenza tra me e te, Michele? Che se Marta morisse, io mi sentirei da cani; mi sembrerebbe di averla tradita. No, di più, di aver tradito la mia missione. Tu invece non hai una missione, ti limiteresti a dire che se l'è cercata; diresti, e che cazzo, io gliel'ho chiesto, se era stata picchiata, lei ha detto di no, ben le sta. Giusto?»

«Non parlarmi così. Sono in polizia anch'io, perché pensi che abbia scelto questo mestiere?»

«Per pavoneggiarti con la divisa, così come ti pavoneggi con la tua macchina sportiva e i tuoi muscoli da palestrato.»

«Sono nella squadra mobile, non ce l'ho la divisa.» Tentò di scherzare lui.

Lei proseguì come se non l'avesse nemmeno sentito. «E poi così puoi portare armi da fuoco, no? Il fucile è il prolungamento del pene, per certi maschi.»

Lui fece un sorriso cattivo. «E tu come lo sai che ho bisogno di un prolungamento? Non hai mai voluto darmela.»

A quel punto lei esplose. «Ecco, vedi come sei? Per te un uomo e una donna non fanno l'amore. No, quando sono a letto è semplicemente lei che la dà a lui. Porco maschilista del cazzo!» Finito di dire quelle parole, si girò e si fiondò sulle scale per risalire. Lui rimase sorpreso dalla violenza verbale della sua reazione, e tentò di richiamarla. «Chiara, aspetta.»

Fiato sprecato: non l'avrebbe fermata neanche a cannonate.

*

Chiara rientrò nell'appartamento ancora incazzata e raccontò a Marina dello scambio di battute tra lei e Michele.

«Gesù, quanto è stronzo,» fu il commento della sorella minore. «Spero almeno che adesso lo terrai alla larga.»

«Credo proprio di sì.»

«Penso però che tu abbia sbagliato a dargli quell'informazione su quel tale che hai seguito. Potrebbe spifferare la cosa, per vendicarsi di te.»

«No, non credo. Non è *così* stronzo. Ma adesso devo cercare di rilassarmi, tra un'oretta devo vedere una donna.»

«Cooosa? Sei diventata lesbica?»

«Ma cosa dici, scemetta? È per il mio caso.»

«Il primo maggio? In un giorno di festa?»

«Ci vorrà solo mezz'oretta. E poi mi pagherà un gelato.»

«Sul serio? Posso venire anch'io?»

«No, meglio evitare. Intanto stai seguendo una dieta specifica, e mi pare che i gelati non siano contemplati. E poi dovrò discutere aspetti riservati dell'indagine; già non avrei dovuto dirti della chiacchierata con Michele e di quel tizio che ho seguito, figuriamoci se vieni a sapere altre cose.»

«E va bene, uffa. Vuol dire che mi rifarò dopo che mi avranno aggiustato il cuore.»

Chiara distolse lo sguardo. Ogni volta che si toccava l'argomento dell'operazione non poteva evitare di sentirsi un groppo in gola e che le si inumidissero gli occhi.

*

I gelati artigianali della *Dolce ghiaccio* erano eccellenti e preparati con prodotti biologici. Anche l'arredamento del locale era ricercato, e quindi i prezzi erano alti, e Chiara ci andava raramente proprio per questo motivo.

83

Sempre per questo motivo si era vestita elegante, con un tailleur che metteva in risalto la sua figura snella.

Quando arrivò Rossana, che era già seduta ad un tavolo, le fece un cenno con la mano, e la poliziotta la raggiunse. «Buongiorno, Rossana.»

«Buongiorno. È molto carina, in borghese, vicecommissario. Non che non lo sia in divisa, naturalmente.»

«Grazie, Rossana. A proposito, può chiamarmi Chiara, almeno oggi che è festa.»

«D'accordo, Chiara. Mi scuso ancora per questo discorso del giorno di festa, ma è successa una cosa che mi fa credere che la situazione possa precipitare da un momento all'altro.» Sia le parole che il viso della donna indicavano un moderato livello di preoccupazione, e Chiara fu subito ansiosa di sentire cosa fosse successo, ma l'arrivo del cameriere fece loro interrompere il dialogo.

Dopo che ebbero ordinato la poliziotta fissò l'altra donna, piena d'aspettativa. «L'ascolto.»

«Voglio fare una premessa, Chiara. Ho visto Marta, che mi ha proibito espressamente di parlare con le forze dell'ordine, e poi gliene spiegherò il motivo. Se sapesse che ora sono qui, con lei, non ne sarebbe affatto felice.»

«Beh, allora noi non glielo diremo, giusto?»

«Preferirei di no, a meno ovviamente che non si riveli indispensabile farlo.»

«Non si preoccupi, Rossana. Ha la mia parola. Quand'è che Marta è venuta da lei?»

«Ieri, alle sedici e qualche minuto. Ha dovuto fare in fretta, per rientrare velocemente. Immagino avesse paura che il marito tornasse senza trovarla in casa.»

«Piercarlo Fortini è tornato a casa dopo le diciotto, ieri, quindi non avrebbe dovuto esserci tutta questa fretta.»

«Ah, lei sa a che ora rientra il marito? Questo significa che lo state tenendo sotto sorveglianza?»

«No, non regolarmente, almeno. In realtà ero fuori servizio, quando ho verificato la cosa.»

«Però. Lei lavora regolarmente al di fuori del suo orario, allora? Complimenti, ci tiene a fare bene il suo mestiere.»

Si interruppero ancora per permettere al cameriere di servirle, poi Chiara riprese il filo del discorso. «Beh, vorrei incastrare quel bastardo. Ma la prego, continui. Mi stava dicendo che Marta è venuta da lei. Era in profumeria quando è successo?»

«Sì. Ho lasciato la mia dipendente a badare alle clienti, e sono andata con Marta in ufficio, per parlare in privato.»

«Cosa voleva?»

«Che andassi in un negozio di informatica lì vicino e che le comprassi una chiavetta USB. Ma le devo dire che non ha usato questi termini, perché Marta non sa niente di queste cose; mi ha detto semplicemente che voleva una di quelle cose che servono per mettere su le informazioni che stanno dentro un computer, e che la voleva capiente, ma più piccola possibile.»

«Che strano. Le ha dato i soldi per farlo?»

«No. Mi ha detto che me li avrebbe restituiti quanto prima, ma non poteva darmi niente al momento. Non che io ci tenessi, beninteso.» La donna distolse lo sguardo da quello di Chiara ed abbassò la voce. «Darei la vita per aiutarla, altro che pochi euro. Quando l'ho vista con quei lividi mi sono sentita morire.»

Dopo una breve pausa, Rossana riprese a parlare.«Ne ho trovata una lunga meno di due centimetri, e con centoventotto Gigabyte di memoria, spero che sia sufficiente.»

«Le ha detto a che cosa le servisse quella chiavetta?»

«No, ma ha detto che era per uno scopo importantissimo.»

«Ma la saprà usare?»

«Mi ha chiesto di insegnarglielo, e io l'ho fatto. Abbiamo effettuato delle prove di trasferimento di file dal mio computer alla chiavetta, e lei ha imparato in fretta.»

«Immagino che vorrà prelevare dei file dal computer del marito, ma perché? È possibile che abbia cominciato a coltivare pensieri di ribellione?»

«Non lo so per certo, ma direi di sì. Di sicuro l'acquisto di quella chiavetta è qualcosa di cui il marito non è al corrente, altrimenti le avrebbe dato lui i soldi per comprarla. Sa, Marta è una persona mite, ma quando si arriva al punto di rottura anche le persone miti non ne possono più. Mi ha anche detto che è in pensiero per la figlia, ma non so cosa intendesse. Che il marito picchi anche lei?»

«Speriamo proprio di no,» rispose Chiara, che ritenne opportuno non dire all'altra donna che potevano esserci ipotesi anche peggiori di quella. Non che Rossana non fosse abbastanza intelligente da capirlo da sola. «E poi, cos'è successo?»

«Marta mi ha detto che sarebbe andata a fare la spesa, in modo da giustificare la sua uscita da casa.»

«Non capisco; se il marito era al lavoro, come può aver saputo che era uscita?»

«Non saprei; mi ha anche detto di non farne parola con nessuno.»

«Eppure lei è venuta da me.»

«Di lei mi fido, Chiara, e credo che sia utile che lei sappia queste cose.»

«Grazie della fiducia, allora. È successo altro, dopo?»

Ancora una volta Rossana abbassò lo sguardo e il tono di voce. «Niente di utile per l'indagine.»

«Senti, Rossana, possiamo darci del tu?»

«Ma sì, certo,» rispose la donna, un po' sorpresa.

«Non lo dirò a nessuno, ma vorrei saperlo. Curiosità, più che altro: pensi di avere delle possibilità, con lei?»

«Lei è sposata … »

«Cosa vi siete dette, nel lasciarvi?»

«Mi ha accarezzato la guancia, e mi ha guardato con … affetto, credo, o forse mi sto solo illudendo,» rispose Rossana, con voce incrinata. «E io mi sono sentita come una liceale imbranata.»

«Sì. Immagino che l'amore faccia questo effetto. Ti auguro di coronare il tuo sogno, Rossana. Sei una bella persona,» disse Chiara, finendo l'ultima cucchiaiata di gelato.

«Grazie, grazie davvero. Aspetta, ho qualcosa per te.» Dicendo ciò, estrasse dalla borsetta un pacchetto avvolto in carta da regalo.

«Santo cielo, non dovevi; già mi hai offerto un gelato che non ti costerà poco.»

«Ti prego, ci terrei tanto che tu lo accettassi.»

«Va bene, grazie mille; ma che non diventi un'abitudine, eh? Sono un pubblico ufficiale, dopotutto.»

CAPITOLO 13

Quella sera, alle diciannove e trenta, Piercarlo Fortini cenò di malavoglia, ma si servì un paio di bicchieri di vino di troppo; non era un forte bevitore, e Marta non l'aveva mai visto veramente ubriaco, ma proprio per questo non bastò molto ad alterarlo un po'. E in quelle circostanze lui non diventava allegro: lui diventava cattivo. Più cattivo del solito.

«Stai crescendo, tesoro,» disse alla figlia, con voce impastata. «Vieni qui, voglio prenderti in braccio per capire quanto pesi.»

La bambina si irrigidì. Non sapeva bene cosa sarebbe potuto succedere, perché era ancora priva di malizia, ma sentiva d'istinto che c'era qualcosa che non andava. La mamma sembrava spaventata, e il papà aveva un sorriso strano.

La voce di Marta uscì dalla sua bocca, appena più di un sussurro. «No, Piercarlo, ti prego.»

Lui si girò di scatto verso di lei. «Che cazzo vuoi, tu? Non hai nemmeno la decenza di startene zitta, dopo che ti mantengo nel lusso?»

«La piccola no, per favore. Picchia me, se vuoi, ma lei lasciala stare.» La sua

88

voce ora era diventata implorante, disperata, e Marianna scoppiò a piangere.

La faccia dell'uomo si contorse per la rabbia. «Hai visto cosa hai fatto, troia? Hai fatto piangere mia figlia.»

«Ti prego, perdonami.»

«Dovrei ridurti a una bistecca al sangue, te lo meriteresti. Ma dopo gli sbirri verrebbero a rompermi il cazzo di nuovo. Ma un bel pugno in pancia ci sta.»

Marta si irrigidì e chiuse gli occhi, in attesa del colpo, che però non venne. Fu salvata dal telefono, che squillò proprio in quel momento.

Fortini andò a rispondere. «Pronto, qui Fortini,» grugnì.

«Sono Virgilio. Tutto a posto, lì?»

«Certo, perché non dovrebbe?»

«Non fare lo scemo, sei stato tu a chiamare, l'altro ieri.»

«Beh, mi sono preoccupato per niente; quelli sono dei rompicoglioni, d'accordo, ma non hanno appigli contro di me.»

«Sicuro? Non vuoi le informazioni, allora?»

«Sui due sbirri? Certo, non si sa mai. Cosa hai saputo? Hanno dei loro punti deboli?»

«Tutti ne hanno; però non credo che quei due siano ricattabili.»

«Gente tutta d'un pezzo, eh? E allora dove sarebbe la loro vulnerabilità?»

«Nella famiglia. Miccoli ha moglie e tre figli, Paradisi due genitori e una sorella minore. Si potrebbe provare a minacciarli, se si avvicinano troppo a te.»

«D'accordo, se succederà te lo farò sapere.»

«Sì, ma vorrei agire in anticipo. Quindi penso che manderò due o tre ragazzi lì a Torino; trovagli un appartamento in affitto vicino a casa tua.»

«Ehi, non è un po' troppo presto per queste cose?»

«Voglio solo che si ambientino, così se ci sarà da agire avranno almeno un minimo di conoscenza del territorio. Non faranno niente che non si rivelerà necessario.»

«Bene, bene. Allora domani mattina mi metto in cerca di un buco per i tuoi uomini. Qualche esigenza particolare?»

«Al pianterreno, o al massimo al primo piano, in modo che si possa andarsene in fretta, se ce n'è la necessità. Per il resto, sono molto adattabili.»

«Consideralo fatto. Buonanotte, Virgilio.»

Dopo aver deposto la cornetta, Fortini si rivolse nuovamente alla moglie, che stava accarezzando la figlioletta per calmarla. «Ti è andata bene, stasera. Ma non contarci troppo, non è che il telefono squillerà tutte le volte che starai per prenderti il tuo meritato castigo.»

Poi l'uomo andò nel suo ufficio a rivedersi un po' di documenti, e Marta sussurrò a Marianna: «Stai tranquilla, tesoro: tutto questo sta per finire, in un modo o nell'altro.»

«Papà diventerà buono, mamma?» Fu la domanda ingenua della bambina, che provocò alla madre un groppo in gola che le impedì di articolare una qualsiasi risposta.

CAPITOLO 14

Giovedì 2 maggio 2019, ore 7.30; commissariato di Borgo Po, Torino.

«Allora, Chiara, i due giorni sono passati e mi devi delle spiegazioni su quello che hai fatto l'altra sera.»

«Niente di speciale, Pietro. Ho solo seguito quel ragazzo con l'aspetto da nerd, e ho scoperto che abita a Rivoli, in una casa che ha visto tempi migliori.»

«Il che non è un reato.»

«Certo che no. Ma guida una Mondeo nuova di pacca.»

«Nemmeno questo lo è.»

«E chi dice che sia reato? Io dico semplicemente che è sospetto. Senti un po': indaghiamo su un tizio che pesta la moglie, che è un lurido individuo viscido e arrogante, e che è pieno di soldi ... »

« … di cui probabilmente può spiegare la provenienza.»

«Di cui *dice* di poter spiegare la provenienza. Appena aprono le banche mi metto a indagare sul suo conto corrente e sui suoi movimenti finanziari, vedremo se quello che mi ha detto corrisponde. Ma la cosa interessante è questa: il nostro viscido se la intende con un tipo che ha una situazione economica del tutto incoerente.»

«Definisci incoerente.»

«Quello ha una macchina da benestante e una casa da scapestrato; e si veste come un pezzente, anche.»

«E che cosa ne deduci?»

«Secondo me è una situazione tipica di chi si è arricchito all'improvviso; i soldi gli danno alla testa, ha un sogno nel cassetto e lo soddisfa subito: la macchinona, appunto. Poi si accorge che non gliene sono rimasti altri per spese forse più logiche: un guardaroba più decente, magari una visita dal barbiere.»

«E magari quello è proprio un nerd, come l'hai definito tu, e quell'abbigliamento lì è un suo segno distintivo a cui non rinuncerebbe neanche se diventasse miliardario. Guarda tutti quei geniacci della Silicon Valley: non girano sempre in giacca e cravatta, magari hanno addosso un maglione da quattro soldi.»

«Ma sono sicura che tutto quello che indossano è pulito e stirato. Comunque volevo farti una proposta.»

«No, non chiederò a Merlin di indagare anche sulle finanze di questo tizio, di cui tra l'altro non conosci nemmeno il nome, mi par di capire.»

«E invece lo conosco. Si chiama Elvis Pirroni, e ha ventidue anni. È un informatico autodidatta, nel senso che ha smesso di andare a scuola dopo il diploma.»

«E quando hai fatto questa ricerca su di lui?»

«Sono qui dalle sette. Il piantone mi ha lasciata entrare, e ho subito approfittato dei nostri database. Altra cosa interessante, l'appartamento in cui abita non è intestato a lui, ma ad una signora di quarantasei anni, che immagino sia la madre.»

«O forse quello è uno a cui piacciono le milf.»

Chiara gli lanciò un'occhiata di disapprovazione, e lui alzò le spalle. «Che c'è? Sto solo valutando ogni possibilità; anzi, è la dimostrazione che sto seguendo il tuo ragionamento.»

«Ne sono onorata,» disse lei ironica. «Cosa mi dici, allora? Ne parliamo al procuratore?»

«Non saprei. Ora come ora, mi sembra che tu abbia un po' poco in mano.»

Chiara sospirò. «C'è un'altra cosa. Ho avuto delle informazioni da Rossana Baldi, la titolare della profumeria presso cui Marta aveva lavorato a suo tempo.»

«Cosa? E quando l'avresti sentita?»

«Beh, ieri pomeriggio, perché?»

«Ieri pomeriggio? Ma era festa, santo cielo. Benedetta ragazza, hai anche una vita da vivere, ricordatene. E tra l'altro è una sola.»

«Che colpa ne ho io? È stata lei a chiamarmi. E comunque ci ho guadagnato un mega gelato alla frutta da venti euro, e una boccetta di profumo da cinquanta.»

«Sul serio? Che interesse può avere quella donna per una che è stata sua dipendente per poco tempo?»

«Di questo preferirei non parlare.»

«Per carità, non ti costringo. Allora, che informazioni ti ha dato quella donna?»

«Mi ha detto che Marta l'ha raggiunta nel suo negozio e le ha chiesto di procurarle una chiavetta USB, piccola ma capiente, e poi di insegnarle ad usarla.»

Miccoli alzò le spalle. «E questo come rende più importante che si indaghi sul conto di quel Pirroni?»

«Non questo, ma il resto che mi ha detto. In pratica mi ha descritto la situazione di Marta come quella di una donna, oltre che sottomessa al marito, anche prigioniera nella sua stessa casa.»

«Però è potuta uscire per andare in profumeria.»

«Sì, ma ha dovuto fare in fretta. Praticamente si è concessa solo il tempo per fare la spesa, e secondo me lui ha piazzato qualche sistema, non capisco ancora cosa possa essere, per controllarla quando esce, quanto tempo ci mette eccetera. Credo che ci sia qualcosa che registra le voci, forse addirittura che fa filmati: quando ho interrogato Fortini in azienda, lui mi ha riconosciuto, ed ha usato termini relativi alla nostra conversazione con la moglie che Marta non potrebbe essersi ricordata. E poi Marta non ha nemmeno potuto pagare la chiavetta, i soldi ce li ha messi Rossana. Probabilmente il marito la lascia andare a fare compere, ma poi controlla lo scontrino e vede se corrisponde con quanto speso. Capisci? Non ha un minimo di autonomia, niente. Non sapeva nemmeno fare un'operazione semplice come trasferire dati su un supporto di memoria esterno. Come i proprietari di piantagioni del sud che non volevano che i loro schiavi imparassero a leggere, perché altrimenti avrebbero capito di avere dei diritti anche loro.»

«Sapevamo già di questa sottomissione, anche se non nei dettagli. Ed è curioso che tu te la prenda tanto a cuore; ti ricordi cosa ci siamo detti all'inizio di questa storia?»

Chiara sorrise. «Sì. Io davo la colpa anche alla donna, che non si ribellava. Adesso mi rendo conto che le cose non sono mai nette; la realtà è sempre complicata.»

«Non è detto, ma è raro che lo schema mentale che ci facciamo quando parte un'indagine poi corrisponda del tutto alla realtà. Può essere peggiore o migliore, più complicato o più semplice, non si sa mai bene, all'inizio. Ma quasi di sicuro è diverso.»

«È vero. Ma c'è un'altra cosa che mi ha detto, e che mi ha colpito: Marta è una donna mite. Sai cosa vuol dire? I miti sopportano di tutto, perché non vogliono il conflitto; la lotta contro qualcun altro per loro è una situazione da evitare a tutti i costi, e spesso le mogli sono così anche perché non vogliono far ricadere sui figli i contraccolpi negativi del conflitto stesso. E l'altro individuo, quando ha di fronte una persona mite, crede che tutto gli sia concesso, proprio perché l'altro non si ribella, e quindi aumenta il carico: di umiliazioni, di maltrattamenti, di botte. Ma poi si arriva al punto di rottura, e lì le cose prendono una piega inaspettata: la persona mite reagisce in modo violento. Inaspettatamente violento, proprio perché non aveva dato segni di volersi ribellare, ma quando lo fa le cose si fanno serie.»

«Quindi tu pensi che ci sia stato qualcosa che ha fatto scattare l'interruttore.»

«Sì, perché Rossana mi ha detto una cosa che mette tutto questo in una prospettiva ancora più cupa, e cioè che Marta è preoccupata per la figlia.»

Miccoli si mosse a disagio sulla sedia. «Tutte le mamme sono preoccupate per le figlie.»

«Ti prego, Pietro. Tu sei molto più intelligente di così, e hai capito perfettamente dove voglio andare a parare.»

Lui annuì, rabbuiato. «Ho capito, sì. E allora, cosa proponi?»

«Un po' di ricerche sul conto corrente di Fortini, poi alle dieci ci facciamo un giro.»

«Dove?»

«Lo vedrai.»

*

Le ricerche sul conto in banca dell'uomo furono fruttuose, a parere di Chiara. Le entrate erano abbastanza copiose, c'era lo stipendio, poi i dividendi, e anche delle fatture per le consulenze esterne, che però erano molto meno rilevanti di quanto Fortini avesse affermato, dai sei ai settemila euro l'anno, in media. C'erano anche delle entrate derivanti da versamenti in contanti, non molto nemmeno lì. Ma soprattutto c'erano pochissime uscite, qualche centinaio di euro al mese, e solo per acquisti in negozi di generi alimentari.

«Vedi?» Chiese Chiara. «Ecco come controlla la moglie: le dà solo la tessera del bancomat, quindi non può comprarsi niente per sé. Chissà che non sia quello il motivo per cui le ha prese; forse si è comprata qualcosa per sé o per la figlia, dimenticandosi di avvisare prima il suo negriero.»

«Quindi tutte le altre spese di Fortini sono regolate in contanti.»

«Esatto; il che vuol dire quasi sicuramente che sono di provenienza illecita.»

«Certo, è possibile. Il difficile potrebbe essere dimostrarlo. Comunque non so se te ne sei accorta, ma adesso sono le dieci, e dobbiamo andare dove tu non vuoi che io sappia che stiamo per andare. Scusa lo scioglilingua.»

Chiara rise. «Hai ragione, è ora.»

*

Su indicazioni della giovane donna, Miccoli portò la macchina su corso Moncalieri, puntando poi a nord verso il quartiere Borgo Crimea, e parcheggiò vicino ad una scuola elementare con un piccolo cortile sul davanti.

«Chi dobbiamo incontrare?» Chiese l'uomo.

«Incontrare, nessuno. Dobbiamo solo vedere se c'è la piccola Marianna, e come sta.»

«Facciamo attenzione, Chiara. È una bambina, e se per caso il padre viene a sapere di questo e si mette a sbraitare che l'abbiamo infastidita … »

«Lo so, cosa credi? Non ho intenzione di interrogarla, anzi non voglio nemmeno interagire con lei. Voglio solo vederla, e che la veda anche tu.»

«E a quale scopo, di grazia?»

«Se le cose stanno come penso io, lo scopo lo capirai senza bisogno che te lo specifichi io. E adesso troviamo un posto dove stare, come se fossimo da queste parti per caso. E facciamo presto, che fra qualche minuto ci dovrebbe essere l'intervallo.»

Chiara prese il suo *smartphone* e lo accese, richiamando una foto che mostrò al collega. Era una bambina sorridente con i capelli scuri, ed era bellissima come la madre. Poi prese un blocco di carta e andò con il suo capo verso il muretto di recinzione del cortile della scuola, proprio mentre i primi bambini cominciarono ad uscire schiamazzando, seguiti da un paio di maestre. La donna appoggiò il blocco sulla parte superiore del muretto, come se avesse bisogno di un sostegno per scrivere, e cominciò a maneggiare la penna, mentre Pietro le dettava delle frasi ridicole inventate sul momento. «Allora, signorina, scriva pure che non saranno tollerati ancora schiamazzi e comportamenti indegni come quelli a cui il quartiere ha assistito finora.»

«Certo, commissario capo, lo sto facendo.»

Durante la loro sceneggiata osservavano attentamente i bambini, la maggior parte dei quali erano femmine che li stavano osservando con curiosità, ma non c'era traccia di Marianna.

«Che sia malata, oggi?» Sussurrò Chiara. «O peggio, forse.»

«No, guardala, sta uscendo adesso.»

Marianna Fortini era tenuta per mano da una maestra, ma non sembrava nemmeno la stessa ragazzina della foto, tanto il suo sguardo era vacuo e il suo sorriso spento. Era evidente che l'insegnante aveva dovuto forzarla ad uscire, e chiunque avrebbe capito che quella non era una bambina felice. Il contrasto con le compagne era stridente. Senza farsi vedere, Chiara le scattò una foto.

«Andiamocene, ho visto abbastanza,» commentò Miccoli, asciutto.

*

«Allora, Pietro, cosa ne dici?» Chiese la giovane poliziotta quando furono ripartiti.

«Dico che ci sono due persone da salvare, in quella famiglia, non una sola. Non so se quella bambina sia in quello stato quasi catatonico perché ha visto la madre maltrattata, o se addirittura … non oso nemmeno pensarci.»

«Eppure ci pagano proprio per pensarci, a queste cose.»

«Già, ma … ho delle bambine anch'io, ed è dura.»

«Le tue bambine sono fortunate ad avere un papà come te. Marianna non ha avuto la stessa fortuna, e allora dobbiamo fare qualcosa noi. Sei con me?»

«Per forza. Non riuscirei più a guardare in faccia Giada e Stefania, se non lo fossi.»

«Speriamo che anche Merlin sia con noi, allora.»

«Appena siamo tornati in ufficio lo chiamo. E che ci provi, a dirmi di no,» concluse lapidario Miccoli.

*

Quella mattina Piercarlo Fortini si era alzato molto presto ed era rimasto nel suo studio privato, dove aveva visionato i filmati degli ultimi tre giorni. Non sarebbe stato necessario, chiaramente, perché l'unica cosa recente degna di nota era stata la visita di Miccoli e Paradisi, ma lui era convinto dell'utilità delle buone abitudini. Se uno cominciava a lasciar perdere le consuetudini consolidate, per pigrizia o per qualsiasi altro motivo, probabilmente sarebbe caduto in fallo. Era per questo che ogni tre giorni lui si guardava le noiose immagini di quello che capitava nella zona dell'ingresso di casa sua, in media venti minuti al giorno, quindi di solito un'oretta in tutto. Naturalmente provvedeva prima, se aveva cognizione che qualcuno di importante si era fatto vedere.

Finito che ebbe, fece colazione e poi cominciò a vestirsi per andare al lavoro, ma alle sette e venti qualcuno suonò alla porta.

Sorpreso, guardò nello spioncino e imprecò sottovoce, dopo di che aprì. C'erano quattro uomini fuori sul pianerottolo, tutti fra i trenta e i quarant'anni e di aspetto equivoco. Fortini ne conosceva solo uno, che era un po' più alto e più robusto degli altri tre e aveva una cicatrice che partiva da sotto il mento per arrivare a metà della guancia sinistra, ricordo inequivocabile di una bella coltellata.

Lo sfregiato sorrise, rivelando alcuni denti d'oro. «Come va, Fortini? Virgilio ti manda i suoi saluti.» L'inflessione meridionale era leggera, ma inconfondibile.

«Cazzo, Fabiani. Siete arrivati troppo presto, non ho ancora potuto darmi da fare per cercarvi un appartamento. Lo farò senz'altro prima di andare al lavoro, ma l'agenzia non apre prima delle otto.»

«Non preoccuparti, aspetteremo qui; hai un appartamento così bello, con quei mobili di gran classe, che sarà un piacere farlo. Possiamo entrare, a proposito?»

Di malavoglia, il padrone di casa si scostò per lasciare passare i quattro. Appena Fabiani vide Marta, che stava finendo di vestire la figlia per scuola e si era interrotta a causa del loro arrivo, le fece un gesto galante con la mano. «I miei omaggi, signora. E questa bella bambina, come si chiama?»

La donna rispose intimorita. «Si chiama Marianna, e adesso deve andare a scuola.»

«Ma certo, le brave bambine devono fare il loro dovere. La porta lei a scuola, signora?»

«No, c'è il pulmino che passa qua sotto … io non so guidare.»

Fabiani si rivolse a Fortini con un tono ironico. «Già, dimenticavo che il qui presente signor Piercarlo non apprezza che le donne vivano la loro vita.»

Fortini sbuffò. «Insomma, quali sono le vostre intenzioni?»

«Te lo dico subito. Abbiamo già provveduto noi a prenderci un alloggio, a pochi passi da qui. Un tizio che conoscevamo ci doveva un favore. Così non c'è la necessità di tirare fuori documenti falsi, e quindi niente rogne.»

«Va bene, allora. Datemi il recapito e vi contatterò se ne avrò bisogno.»

«In realtà lì staranno solo tre di noi. Uno resterà qui, a turno.»

«Cosa? E che bisogno c'è?»

«Ehi, dovresti esserne contento, no? È chiaro che ci teniamo a te, altrimenti non lo faremmo. Ti consideriamo un buon amico, e anche, perché no, un buon investimento.»

Fortini era livido, ma sapeva di dover fare buon viso a cattivo gioco. «Se proprio dovete. Ma non toccate le mie cose.»

«Ma certo, non serve nemmeno dirlo. Allora, il primo che si fermerà qui sarà Nicola,» disse Fabiani indicando un uomo giovane e tracagnotto, dallo sguardo non proprio brillante, che andò in salotto a sedersi sul divano.

Fabiani fece per uscire insieme agli altri due scagnozzi. «E tu non preoccuparti, Fortini. Se quei due sbirri si avvicinano troppo, faremo in modo che gli capiti un brutto incidente.»

Sentendo quelle parole, Marta rabbrividì.

CAPITOLO 15

Marta non aveva idea di come far allontanare Nicola, l'uomo che era rimasto lì in casa a sorvegliare … cosa? Non aveva capito bene cosa facesse lì quell'uomo; doveva badare a lei, evitare che combinasse qualcosa di stupido? Oppure era di Piercarlo che non si fidavano? O avevano forse paura che qualcun altro tentasse di entrare nella loro casa per accedere alle informazioni riservate che dovevano esserci? Per la verità, era piuttosto sicura che quei criminali non sapessero niente delle telecamere piazzate dal marito, perfettamente mimetizzate nell'arredamento ridondante di cui si era circondato, e che non avessero quindi alcun sospetto dell'esistenza di quei video compromettenti. Ma c'erano pur sempre i registri cartacei di tutte le operazioni di cui lui si occupava, e anche quelli potevano far gola a qualcuno.

Inutile continuare a rimuginare, comunque: quello che contava adesso era riuscire a fare, in condizioni di maggiore difficoltà, quello che era stata tanto stupida da non aver avuto il coraggio di fare quando tutto sarebbe stato molto più semplice. Ma prima doveva riuscire a liberarsi di Nicola.

Ci pensò su un po', poi decise quale sarebbe stato il suo piano d'azione.

*

Come d'accordo, appena furono tornati in commissariato Miccoli chiamò il procuratore aggiunto Merlin, che rispose subito. «Ciao, Augusto, ho un altro favore da chiederti.»

«Pietro, sei fortunato. Mi si è cancellato un appuntamento che avevo tra mezz'ora con un collega; se ce la fai ad essere qui, diciamo per le undici e trenta, posso dedicarti un po' di tempo.»

«Cavoli, sarebbe perfetto. Sì, se partiamo subito ce la facciamo.»

«Viene anche la tua protetta, eh? Bene, allora portatemi anche i riscontri che avete su quel tale di cui vi ho autorizzato l'indagine patrimoniale.»

«Naturalmente, a dopo.»

Appena ebbe posato la cornetta, il commissario capo fissò la giovane donna sull'altro lato della scrivania, poi le disse: «Credo che tu abbia un'altra delle caratteristiche indispensabili ad un investigatore.»

«Vale a dire?»

«Un gran culo. In senso figurato, naturalmente,» poi, rendendosi conto che si stava incartando in una gaffe dopo l'altra, aggiunse: «Non che in senso fisico non ... insomma, hai capito cosa voglio dire.»

Lei rise. «Non ti avevo mai visto così imbarazzato. Però, se non ho capito male quello che hai detto, il procuratore ci aspetta.»

«Appunto, è quello che volevi; sei fortunata.»

Chiara sospirò. «Fortunata al lavoro, sfortunata in amore.»

«Il detto non sarebbe proprio così, ma per stavolta ci passeremo sopra.»

*

Marta Michelini entrò in bagno mugugnando e tenendosi la testa. Nicola la sentì dal salotto e si allarmò. «Tutto bene, signora?»

Lei rispose con voce sofferente. «Ho il mio solito fortissimo mal di testa, adesso prendo un'aspirina,» gridò lei in risposta. Dopo essersi chiusa in bagno, prese il tubetto delle aspirine e lo svuotò nel water; siccome erano di quelle effervescenti, tirò lo sciacquone per eliminarle. Poi si mise un po' di sapone negli occhi per irritarli e uscì, cercando di avere un aspetto il più possibile sofferente.

Funzionò, perché lui appena la vide si spaventò. «Madre mia, che cosa succede, signora?» La sua inflessione meridionale era più accentuata rispetto a quella di Fabiani; normale, visto che era situato ad uno scalino gerarchico inferiore: meno potere, meno soldi, meno istruzione.

Lei gli mostrò il tubetto vuoto, con mano tremante. «Ho finito le aspirine, e ne ho assoluto bisogno. Non potrebbe andare lei a prendermene una confezione in farmacia?»

Lui si mosse a disagio, gli occhi che indicavano confusione e paura. «Non posso, se Fabiani lo sa mi fa un mazzo così.»

«Non lo saprà. La farmacia è a cinquanta metri, e a quest'ora non dovrebbe esserci tanta gente. Tra pochi minuti sarà di ritorno.»

«Non so … »

«Senta, cosa direbbe il suo capo se io avessi uno svenimento? Non pensa che la incolperebbe per non esserci andato? Sa, tra me e lui c'è una certa simpatia,» mentì lei.

«Davvero?»

«Davvero. Guardi, se lei lo fa e mi aiuta, Fabiani non saprà niente; non glielo diremo, ma la prego, non ce la faccio più.»

Nicola scattò in piedi. «D'accordo, allora. Ma i soldi?»

«Mi dispiace, mio marito non mi passa mai niente. Ma non dubiti, in qualche modo glieli rimborserò; devono essere pochi euro, comunque.»

Un attimo dopo, lui era andato, e Marta sapeva che aveva al massimo dieci minuti.

*

Arrivarono puntuali e Merlin li accolse con un sorriso. «Siete doppiamente fortunati: ho avuto buone notizie in merito ad un procedimento a cui sono particolarmente interessato, quindi mi trovate con un animo sereno e disponibile a collaborare. Naturalmente se le vostre richieste saranno ragionevoli.»

Miccoli fece un cenno a Chiara, che cominciò mettendo sull'ampia scrivania del magistrato le copie dei documenti bancari relativi alla situazione di

Piercarlo Fortini. Poi la giovane iniziò ad esporre, cercando di essere il più possibile succinta. «Fortini ha molte entrate in contanti, e praticamente nessuna uscita se non poche centinaia di euro al mese per fare la spesa, segno che gran parte del suo reddito è in nero.»

«Bene, darò un'occhiata a questo incartamento con grande interesse. Immagino che oggi siate venuti a chiedermi di interrogare Fortini, oppure che vogliate altre risorse per approfondire l'aspetto finanziario. Credo che questa storia cominci ad essere un po' troppo complessa per essere seguita da un commissariato periferico, senza offesa per nessuno di voi due. Insomma, forse sarebbe il caso di passare la palla alla squadra mobile. So che Pietro non sarebbe d'accordo, quindi non glielo chiedo neanche, ma lei come la vede, Paradisi?»

«Con il dovuto rispetto, signore, l'azione di polizia giudiziaria può essere svolta da chiunque indossi una divisa di rappresentante delle forze dell'ordine, se il magistrato competente lo decide. E questo caso l'abbiamo seguito noi fin dall'inizio. Ma se invece vuole dirci che ci serve un esperto di contabilità, sono d'accordo, ci farebbe comodo. E poi è emerso un altro elemento interessante, ed è più che altro per questo che siamo qui.»

«L'ascolto, vicecommissario.»

«Ci risulta che Fortini abbia una losca familiarità con un altro dipendente dell'azienda per cui lavora, un certo Elvis Pirroni. È un informatico, e la sua situazione economica ci rende perplessi.»

«In che senso?»

«Ha un'automobile da quarantamila euro, nuova di zecca, e abita in una catapecchia con la madre.»

«E lei cosa pensa al riguardo?»

«Immagino che i due siano coinvolti in qualcosa di poco pulito, e che operino assieme. Uno è un esperto contabile, l'altro un informatico. Probabile che mettano le loro competenze al servizio di qualcosa che rende loro parecchio.»

«E che lei ritiene essere illegale, naturalmente.»

«Naturalmente.»

«Facciamo così. Vi mando il miglior contabile che abbiamo qui. Si tratta dell'ispettor Marfoglia, in servizio presso la procura. Lui esaminerà con calma questa documentazione, ed eventualmente ne acquisirà dell'altra; poi, in base alle sue conclusioni, decideremo cosa fare.»

A questo punto intervenne Miccoli. «Scusami, Augusto, ma non mi piace la tua proposta.»

Merlin apparve stupito. «L'ispettore Marfoglia ha una laurea in materie finanziarie, ed è veramente in gamba.»

«Per carità, non lo discuto. Ma il fatto è che abbiamo una certa fretta.»

«La gatta frettolosa fece i gattini ciechi.»

«Bel proverbio, e normalmente sarei abbastanza d'accordo anch'io, però alla situazione che Chiara ti ha descritto se ne somma un'altra, se ben ricordi.»

«Quella della moglie vittima di violenze domestiche, lo ricordo bene.»

«Già. E non finisce qui, Augusto. Oggi ho visto la loro bambina, e nello spirito sembrava una vecchia che non ha più niente da chiedere alla vita. Chiara, fai vedere al procuratore quella foto che le hai fatto.»

Merlin fissò lo schermo dello *smartphone*, i lineamenti tesi. «Non l'avrai mica interrogata o importunata, vero?» Chiese poi con apprensione.

Miccoli sbuffò. «Per trovarmi una mandria di avvocati davanti a casa? Non sono mica scemo. No, io e Chiara siamo solo rimasti a guardarla durante l'intervallo, nel cortile della sua scuola elementare. Le compagne ridevano e scherzavano, lei sembrava uno zombie; immagino che vedere certe cose in famiglia non sia il massimo, a quell'età. Cosa faresti tu se vedessi la tua nipotina in queste condizioni, Augusto?»

Merlin si irrigidì. Miccoli sapeva che la figlia del magistrato era una ragazza madre, e che c'era una nipotina che doveva avere tre o quattro anni. «Questo è un colpo basso, Pietro.»

«Per salvare quella bambina sono pronto a colpire chiunque sotto la cintura. E dopo che è caduto a terra a dargli una pedata nei coglioni.»

Merlin parve per un attimo sbigottito per il linguaggio usato dal poliziotto, ma poi scoppiò a ridere. «Colpo basso o no, hai toccato il tasto giusto. D'accordo, allora, il mio cancelliere ti preparerà quello che ti serve, e domani mattina ti troverai l'ispettore Marfoglia davanti all'ingresso del tuo commissariato. E lei, Paradisi, cancelli quell'immagine, che non serve più. Se lo scopo per cui l'ha scattata era di convincere me, l'ha già raggiunto.»

CAPITOLO 16

Marta era a conoscenza di molte delle faccende del marito, anche se aveva sempre dato l'impressione di non badarci; ma era stata tutta una finta; una finta che durava da quasi dieci anni ormai.

Era sempre stata povera, avendo avuto una madre alcolizzata e un padre che non aveva mai conosciuto; la sua unica arma era stata la bellezza, e quando aveva conosciuto quel giovane brillante, anche se dal viso crudele, non ci aveva pensato due volte a dirgli di sì. Poi era nata Marianna, e lei aveva dovuto sacrificare la possibilità di fare un'attività che la soddisfacesse per il bene della figlia. Ne era valsa la pena, chiaramente, ma poi le cose erano peggiorate.

Piercarlo aveva cominciato a sfogare su di lei il suo nervosismo; suo marito lavorava come un pazzo, e portava a casa un mucchio di soldi, ma lei ne godeva solo di riflesso. Niente di quello che c'era là, dentro quella casa, era veramente suo. Quando, un paio di anni prima, aveva manifestato il desiderio di lavorare per avere un minimo di autonomia economica, il marito le aveva tarpato le ali quasi subito.

Però il suo piano stava funzionando, e ora era arrivato forse il momento di coglierne i frutti. Era iniziato tutto sette anni prima, quando lei aveva capito che avrebbe dovuto fare in modo di spezzare il vincolo che la univa a un uomo che probabilmente, in un futuro più o meno lontano, l'avrebbe uccisa. E allora cosa ne sarebbe stato di Marianna?

Aveva cominciato gradualmente a fargli domande stupide, finché lui si fu abituato; pian piano, anno dopo anno, si era assuefatto all'idea che sua moglie aveva un quoziente intellettivo basso; forse ogni tanto lui si chiedeva come mai gli era sembrata più sveglia nei primi anni del loro rapporto, ma probabilmente doveva aver concluso che una delle botte in testa che si era presa doveva aver sortito quell'effetto inaspettato.

E non fingeva solo di essere stupida, ma anche sottomessa: quando lui la umiliava senza motivo, lei gli chiedeva scusa, e non si ribellava mai; mai, finché non aveva cominciato a vedere l'interesse che quel maiale dimostrava per il corpo della figlia. Dio, che orrore.

Comunque, ora lui non stava attento più di tanto quando lei era in giro; e perché avrebbe dovuto? Era una schiava, con l'animo da schiava, e le mancava del tutto la volontà di ribellarsi, ma anche la capacità. Concepire un piano per liberarsi di lui? Questa sì che faceva ridere, ma quando mai?

E invece ora lei si stava avvicinando allo studio privato del marito, consapevole che per farlo c'era solo un modo: passare davanti alla telecamera che, dotata di un sensore di movimento, riprendeva tutti quelli che si venivano a trovare nel suo raggio d'azione. Sapeva che lo stesso apparato era presente anche nella zona del salotto, quindi degli ospiti che fossero venuti a intrattenersi con Marta sarebbero stati individuati al massimo entro tre giorni, e tutte le parole pronunciate sarebbero state ascoltate anche dal marito.

Piercarlo le aveva proibito espressamente di entrare in quel suo sancta sanctorum, e sicuramente quando avesse saputo che la cosa si era verificata nessuno l'avrebbe salvata da un violento pestaggio. Le permetteva di accedervi solo per fare le pulizie, una volta alla settimana, e sempre e soltanto in sua presenza.

Per quanto riguardava l'ingombrante chiave della porta, nei primi tempi lui la teneva sempre in tasca, poi la docilità della moglie l'aveva convinto che avrebbe potuto lasciarla sul portachiavi a muro. Con quella chiave in mano la donna aprì la porta, sicura di essere finita sul nastro registrato; ah, no adesso non si usavano più i nastri, era tutto, com'è che si dice? Ma certo, digitale. Dio, che ignorante che era.

Accese la luce e usò una chiave più piccola per aprire una specie di armadio d'acciaio, che rivelò all'interno un computer portatile. Marta lo aprì e lo accese, poi si trovò nella necessità di inserire la password. Ma lei sapeva come fare: in un cassetto il marito teneva un blocchetto di post-it verdi su cui le annotava; siccome per prudenza le cambiava una volta al giorno non riusciva a ricordarsele. La troppa prudenza ti fregherà, Piercarlo, pensò lei con un brivido di soddisfazione; o forse di paura.

La digitò e si aprì la schermata del desktop. C'erano decine di icone, ma lei era sempre stata attenta, quando lui lavorava mentre lei faceva le pulizie, e sapeva esattamente cosa cercare. Aprì la cartella contenente i video, classificati per mese, e all'interno di ogni mese per giorno. Piercarlo era meticoloso, bisognava ammetterlo; un'altra qualità che lo fregherà, pensò Marta.

Eccolo: il video di sei mesi prima. Quando aveva incontrato Virgilio in salotto. Lo copiò sulla sua chiavetta, temendo che avrebbe impiegato parecchi minuti; per fortuna bastarono dodici secondi.

Uscì dopo aver rimesso tutto com'era, poi ebbe un momento di panico. Ecco perché non l'aveva fatto prima, perché si trattava di qualcosa da cui non si poteva più tornare indietro. Ma le cose erano cambiate, ora che lui aveva messo gli occhi su Marianna, e Marta aveva deciso che non poteva più permettersi di tergiversare.

Il dado era tratto, come aveva detto qualcuno di importante una volta, se i suoi ricordi delle elementari erano ancora validi. Entro tre giorni al massimo avrebbe dovuto far avere la chiavetta alla polizia. Ma come avrebbe fatto, con quell'uomo là fuori? Che stupida era stata, a rimandare continuamente la decisione di agire.

Inutile pensarci, comunque. Per il momento si sarebbe limitata a tenere al sicuro la chiavetta; prese un pezzo di nastro adesivo da pacchi e ve l'avvolse attorno, poi mise il tutto in un risvolto del maglioncino che indossava.

Appena in tempo, Nicola stava già rientrando. Assunse nuovamente l'aria sofferente, e lo ringraziò quando lui le porse il tubetto. Andò subito in bagno e ne prese subito una, perché si era accorta di averne bisogno sul serio; effetti della tensione nervosa, immaginò.

E ora c'era solo da sperare che la presenza di Nicola non avrebbe indotto il marito a visionare i video anzitempo, nel qual caso l'avrebbe fregata. Si impose di non pensarci.

*

Chiara portò Miccoli di nuovo a pranzo nella trattoria in cui lui si era già trovato così bene, anche come ringraziamento per l'appoggio che le aveva dato davanti al magistrato in quello che ormai lei considerava quasi come un suo caso personale. Quando erano ormai al dolce, l'uomo si sentì in dovere di affrontare la questione. «Chiara, la senti tua questa storia, vero? Sei molto coinvolta, forse troppo.»

«Lo sei anche tu, Pietro; soprattutto da quando hai visto quella bambina.»

«Non dico di no, ma mi sembra che tu stia esagerando. Ti ho già detto che il troppo coinvolgimento può essere deleterio, a lungo andare.»

«Non sarà sempre così. Sai, io vorrei entrare in una squadra mobile, non restare tutto il giorno a sbrigare scartoffie.»

«Come faccio spesso e volentieri io, dici?»

«Sia detto senza offesa, ma il fatto è che stavolta voglio riuscire, a tutti i costi. E poi voglio vedere quella bambina felice. E mi piacerebbe vedere finalmente sbocciare una bellissima storia … come non detto.»

Lui la guardò perplesso. «Dicevi?»

«No, niente, scusa.»

«Hai detto che vorresti vedere una bellissima storia sbocciare … beh, è quello che si dice delle storie d'amore, no? Quindi stai dicendo che risolvendo questa faccenda due persone potrebbero mettersi insieme.»

«Gesù, Pietro, non metterti a spettegolare.»

«Non si tratta di spettegolare, ma di conoscere a fondo tutti gli aspetti del caso, anche quelli che possono sembrare a prima vista irrilevanti. Vediamo un po',» disse lui mettendosi a riflettere. Poi spalancò gli occhi. «La profumiera! Gesù, è innamorata di Marta.»

«Ma santa Madonna, vuoi parlare piano? Siamo al ristorante.»

«Adesso capisco quello che mi hai detto l'altro giorno. Sull'interesse di quella donna per la sua ex dipendente. E questa tu la consideri una bella storia d'amore?»

Chiara sbuffò, frustrata. «In questo momento considero soprattutto me stessa una gran chiacchierona. Se c'è qualcosa in cui devo migliorare è quello, evitare di spiattellare troppe cose. Ma per rispondere alla tua domanda, sì, la considero esattamente così come l'hai definita tu.»

«Non prendertela, non sono mica omofobo. Ma tu pensi che quella profumiera, come si chiama … ?»

«Rossana.»

«Ecco, pensi che Rossana abbia delle possibilità con Marta, ammesso e non concesso che noi si riesca a liberarla dalla presenza del marito?»

«Non lo so, Pietro. Lo vorrei tanto, ma non lo so. Però è possibile che in vita sua Marta non abbia mai potuto veramente sentirsi oggetto dell'amore di un'altra persona; con Rossana invece sarebbe esattamente così.»

«Beh, non mettiamo il carro davanti ai buoi. Prima sistemiamo il marito; dopo, se son rose fioriranno.»

*

Il pomeriggio fu destinato alla ricerca di informazioni su Elvis Pirroni. Vi si dedicò Chiara, dal momento che Miccoli aveva già accumulato un discreto ritardo con il lavoro d'ufficio, e non gli piaceva molto delegare agli altri le sue incombenze; avrebbe dovuto imparare a farlo, tuttavia, soprattutto se l'indagine in corso fosse durata ancora a lungo.

Si ritrovarono di nuovo un po' prima delle diciotto, pronti a chiudere baracca, e Miccoli si mise comodo sulla poltroncina aspettando che Chiara lo aggiornasse.

«Allora, per prima cosa volevo dirti che ho dato un'occhiata ai dati contabili, ed ho capito tante cose, ma mi sono anche resa conto che Merlin ha ragione: è meglio che ci metta il becco una persona competente. Vale anche per quanto riguarda i conti di Fortini, ovviamente.»

«D'accordo. Vedremo domani se questo Marfoglia è in gamba come l'ha descritto il procuratore.»

«Comunque lo schema dei conti di Pirroni ha delle somiglianze con quello di Fortini. Entrate alte, a volte versamenti di contanti sul conto, nell'ordine di qualche migliaio di euro, e uscite poche. In teoria non dovrebbe riuscire a mantenersi: per quanto riguarda gli esborsi registrati, cioè bancomat, bonifici e simili, in media spende cento euro al mese o poco più.»

«Anche lui ha entrate in contanti, allora.»

«Sì, e lui ha anche qualcosa in più. Intanto, ha guadagnato parecchio investendo in azioni della società in cui lavora, proprio come ha fatto Fortini. E poi c'è una cosa strana.»

«Cioè?»

«Ecco, guarda qui: un anno fa ha comprato l'appartamento in cui vive attualmente, pagandolo centosessantamila euro.»

«Sì, e quindi? Quei soldi li aveva, giusto?»

Chiara accese lo *smartphone*, richiamando un paio di foto, che mostravano la casa di Fortini. «Ecco, vedi? Io non darei nemmeno cinquantamila euro per un appartamento di questo edificio. Ce ne sono sei, quindi non penso che siano più grandi di trenta metri quadrati l'uno.»

«Vedo. E quindi, cosa pensi che voglia dire?»

«Non so, ma di sicuro la macchina l'ha comprata dopo, eppure non risultano uscite di denaro dal conto. E un'altra cosa: dai dati del catasto risulta che ha comprato un terreno agricolo situato nel comune di Castagnole Piemonte, di oltre tremila metri quadri.»

«Avrà pagato in contanti, sia il terreno che la macchina.»

«Già, ma sembra strano che ne avesse così tanti; e poi, perché pagare così tanto quella casa?»

«Forse ce lo spiegherà domani Marfoglia. Senti, l'hai detto tu, lasciamo fare all'esperto. Intanto abbiamo appurato che anche Pirroni è uno che ha qualcosa da nascondere. E sono convinto che quando avremo un quadro più chiaro, forse già domani, Merlin non ci negherà un mandato d'arresto per quei due balordi.»

«D'accordo. Allora speriamo che non succeda qualcosa di brutto proprio stanotte, in casa Fortini.»

«Abbiamo fatto tutto quello che potevamo. Se andrà male per qualsiasi motivo, non sarà stata colpa nostra.»

*

Chiara stava cenando con la famiglia, ma quel terreno agricolo acquistato da

111

STEFANO CARRADORI

Pirroni la tormentava; era come un tarlo che le rodeva il cervello: perché l'aveva comprato, così, lontano poi, a più di venti chilometri dall'area metropolitana? Quel ragazzo non le era sembrato affatto uno che potesse mettersi a coltivare la terra; gracile, con la schiena ingobbita nonostante la giovane età, e quell'aria da nerd sempre immerso nei suoi algoritmi. No, c'era qualcosa di strano, e lei aveva la sensazione che la chiave di tutto potesse trovarsi proprio in quel terreno.

«Chiara, cos'hai?» La riscosse la voce della sorella. «Hai mangiato pochissimo.»

«Oddio, scusate. Ho dei pensieri riguardo a un'indagine che sto portando avanti.»

La signora Grazia le chiese: «Se c'è qualcosa che possiamo fare per aiutarti, cara, dì pure.»

Lei fissò la madre, e un'idea assurda le passò per la mente. «Mi presti la macchina, mamma?»

«E dove vorresti andare?»

«A vedere un terreno agricolo.»

«E quant'è lontano, questo terreno?»

«Mah, saranno cinquanta chilometri, tra andare e tornare.»

«Non ti chiedo di dirci perché devi andare a vedere un terreno adesso che comincia a fare buio, immagino che sia un segreto d'ufficio. Però sai che la mia Pandina è vecchia, e che la ventola non va più tanto bene. Non c'è da fidarsi a fare molti chilometri.»

«Vuoi che ti presti la mia?» Chiese Saverio. Suo padre aveva una Giulietta abbastanza recente.

«No, papà, grazie. Sono abituata con la macchina di mamma, preferisco quella.»

Grazia alzò un dito. «A due condizioni: che non la mandi troppo su di giri, e che finisci di mangiare. I sacchi vuoti non stanno in piedi.»

«Promesso, mamma.»

*

«Chiara, aspetta.» Stava per mettersi al posto di guida della Panda quando la voce di Michele si fece sentire forte. Alzò lo sguardo, ed eccolo lì a una ventina di metri, sul marciapiede opposto rispetto a dove stava lei. Non molto lontano da lui c'erano altri due uomini piuttosto giovani, che avevano un'aria familiare; sicuramente altri poliziotti di servizio in questura che lei aveva già intravisto in qualche occasione. Mentre Michele attraversava la strada per venire da lei, si rammentò di uno di loro: era quel maschilista a cui aveva fatto un bello scherzo, mandandolo dal questore; in quel momento non se ne ricordava il nome.

Quando l'ebbe raggiunta, Michele le chiese: «Dove stai andando a quest'ora?»

«Senti, Michele, ho una cosa da fare e non molto tempo per farla. Quindi saresti tanto gentile da lasciarmi andare per la mia strada? Se vuoi parlarmi, prima chiama.»

Lui sorrise. «Quindi posso chiamarti?»

Lei sbuffò. «Sì, anche se non so come potranno andare le cose tra noi, dopo tutto quello che ci siamo detti. Forse sarebbe opportuno prenderci una pausa di riflessione.»

«Non troppo lunga, neh?»

«Vedremo. Adesso devo proprio andare.» La giovane donna salì in macchina e mise in moto.

*

Dopo dieci minuti stava già cominciando a pentirsi della sua impulsività. Il cielo era scuro, e non solo perché era tardi; in effetti era molto nuvoloso, e c'era anche un po' di vento.

Dopo venti minuti si stava chiedendo perché non fosse già tornata indietro, ma ormai era arrivata a Castagnole, quindi era il caso di continuare. O no? Il terreno di Fortini sarebbe stato facile da riconoscere, dato che si trovava in fondo ad un viottolo agricolo che iniziava esattamente cento metri dopo un paio di cascine che si affacciavano sulla strada, una dirimpetto all'altra, come aveva visto usando Google maps.

Imboccò la stradina stretta, rigorosamente riservata ai mezzi agricoli, e all'improvviso i primi goccioloni cominciarono a tempestare il parabrezza della piccola utilitaria. Rallentò, e alla fioca luce dei fari si rese conto che il terreno si trovava meno di duecento metri più avanti rispetto alla sua attuale posizione.

Sapeva anche, però, che gli ultimi cento metri prima di arrivare al terreno sarebbero stati su strada sterrata; e con la pioggia avrebbe voluto dire che si sarebbe sporcata le scarpe di fango, oltre a ridurre in condizioni poco presentabili la macchina che la mamma era stata così gentile da prestarle. E tutto per togliersi subito una curiosità che la assillava, ma che avrebbe potuto benissimo aspettare l'indomani.

Sospirò scoraggiata e si fermò, poi fece manovra per tornare indietro. La sua mente era impegnata a recriminare e a riflettere su quanto le era stato detto da Miccoli in mattinata, e cioè che era una ragazza fortunata. Inoltre doveva stare attenta, perché l'acquazzone era diventato talmente violento da ridurre notevolmente la visibilità. E così non prestò particolare attenzione alla Opel Astra bianca che stava rallentando per imboccare la stradina agricola da cui lei stava uscendo; solo una piccola parte della sua mente registrò il fatto che vicino al faro anteriore sinistro c'era un'ammaccatura di forma vagamente ovale.

CAPITOLO 17

Venerdì 3 maggio 2019, ore 7.35; commissariato di Borgo Po, Torino.

«Buongiorno, Chiara. Mattiniera come sempre, vedo,» la salutò Pietro Miccoli. «Oggi potrebbe essere il gran giorno, cosa ne dici? L'ispettore Marfoglia trova le prove di una cospirazione internazionale, e Piercarlo Fortini viene terminato per tradimento.»

«Ecco, bravo, tu scherzaci sopra. Speriamo invece che stanotte non sia successo niente di irreparabile, in quella casa di Borgo Crimea.»

«Ho controllato i rapporti notturni; non è morto nessuno di morte violenta, stanotte; nessuno di cui sia stata fatta denuncia di omicidio, perlomeno.»

«La cosa mi rassicura solo fino ad un certo punto.»

*

Nel suo appartamento Marta Michelini non sapeva se considerare la propria situazione come positiva o negativa. Nicola era stato sostituito da un altro scagnozzo, un certo Luigi, e questo purtroppo aveva l'aria di essere più furbo

115

e più duro dell'altro, per cui dubitava che sarebbe riuscito ad allontanarlo con una scusa. Come per Nicola, non conosceva i loro cognomi, e dubitava anche che il loro capo si chiamasse veramente Fabiani.

Ma se non riusciva ad allontanare in qualche modo Luigi, come doveva fare per consegnare alla polizia la chiavetta? E poi, era sicura che le prove in essa contenute sarebbero state sufficienti per mettere dentro Piercarlo? E se sì, per quanto tempo? Non sapeva niente di come funzionava la legge in questi casi.

Inutile chiederselo. Una delle cose positive derivanti dalla presenza di quei banditi era che ora suo marito la lasciava stare, e non aveva più guardato Marianna in quel modo inquietante. E inoltre adesso lui non entrava più nel suo studio privato; probabilmente temeva che gli altri avrebbero voluto vedere cosa c'era all'interno, e trovare il video che avrebbe potuto incriminarli. Quindi per il momento lei non rischiava che la sua intrusione fosse scoperta.

La tensione accumulata, tuttavia, era insopportabile, e anche Marianna aveva cominciato a soffrire per la presenza di estranei in casa. Era una bambina percettiva, si era resa conto che c'era qualcosa che non andava. Basta, tutto questo doveva finire, in un modo o nell'altro.

L'indomani sarebbe andata a fare la spesa, e forse avrebbe avuto la sua occasione.

*

Alle otto e trenta arrivò l'ispettore Marfoglia, un uomo sulla trentina leggermente sovrappeso, con occhiali da vista e l'aria più da impiegato di banca che da agente di polizia, nonostante la divisa. Ma dava l'impressione di essere capace, e questo era ciò che contava.

Si presentò con una stretta di mano agli altri due poliziotti, e a Chiara fece anche un leggero inchino. «Ispettore Marfoglia. Se volete potete chiamarmi così, ma preferirei evitare le formalità.»

«Anche noi lo preferiremmo. Io sono Pietro,» disse Miccoli.

«E io sono Chiara,» aggiunse la Paradisi.

«Bene, allora io sono Giulio. Veniamo al punto, ho già dato un'occhiata alla documentazione che avete fatto avere al procuratore Merlin, ma so che avete richiesto di fare accertamenti anche su un'altra persona, giusto?»

«Giusto,» disse Chiara. «Abbiamo qualche elemento, ma forse ci sarà bisogno di approfondire.»

«Vediamo quello che avete, intanto. Per acquisire altra documentazione c'è sempre tempo. Potete mettermi a disposizione una postazione di lavoro con un computer e una stampante?»

«Ma certo, te l'abbiamo già preparata.»

*

Pietro e Chiara si dedicarono al lavoro d'ufficio, nel quale Miccoli aveva ancora un po' di arretrato da recuperare, anche se alcuni colleghi si erano dati da fare per sbrigare almeno le pratiche meno impegnative. Marfoglia intanto si immerse nella lettura della documentazione, e dopo meno di un'ora li chiamò.

*

«Allora,» esordì Marfoglia. «Preciso innanzitutto che la certezza assoluta che quello che sto per dirvi corrisponda al vero non ce l'ho; per quello avrei bisogno di fare qualche ulteriore indagine.»

«D'accordo, Giulio,» acconsentì Miccoli. «Il mandato del procuratore coprirà certamente qualsiasi passo ulteriore vorremo intraprendere. Ma intanto dicci cosa ne pensi in base a quello che abbiamo già.»

«Innanzitutto, è chiaro che entrambi i nostri sospetti ricevono sostanziosi pagamenti in contanti. L'ammontare esatto non lo so, ma potremmo stimarlo se conoscessimo il loro tenore di vita, per differenza.»

Chiara interloquì. «Fortini vive in un appartamento di lusso ed ha una macchina da sessantamila euro, Pirroni invece abita in una topaia, però anche lui ha una macchina costosa. Nessuno dei due l'ha pagata in modo tracciabile.»

«Ho visto. Bisognerebbe chiedere ai concessionari perché abbiano accettato un pagamento in contanti, ma questo esula dalla nostra indagine, presumo.»

«Assolutamente sì,» disse Chiara. «Concentriamoci su questi due.» Si rivolse a Miccoli. «Sempre se sei d'accordo, Pietro. E scusa, non volevo prevaricarti.»

Lui fece un gesto con la mano come a dire che non importava e poteva continuare lei la discussione.

«Bene, allora,» riprese intanto Marfoglia. «Per quanto riguarda i redditi dei due, i dividendi delle azioni sono per forza in chiaro; restano quindi tre possibilità. La prima è che il loro datore di lavoro aggiunga del nero al loro stipendio, che pure sarebbe già molto elevato così.»

«Difficile, a parer mio. Ho conosciuto Panzironi, e non mi sembra tipo da infrangere le regole. Certo, posso sbagliarmi.»

«Un'altra possibilità, almeno per quanto riguarda Fortini, sarebbe quella che le consulenze esterne siano state pagate parzialmente in nero. Vedo che i bonifici che gli sono arrivati non sono complessivamente molto consistenti.»

«Quindi bisognerebbe indagare su queste aziende.»

«Farò qualche accertamento con discrezione. Ma io sono convinto che la risposta non sia lì.»

«Perché, hai trovato un'altra spiegazione?»

«Una spiegazione migliore, in effetti. Credo che si tratti di riciclaggio di denaro sporco.»

«E cosa te lo fa credere?»

«Quello che ho visto nel conto di quell'altro, Pirroni. Se i due sono in rapporto d'affari, quindi, è logico pensare che anche Fortini sia coinvolto nello stesso tipo di attività.»

«Siamo tutt'orecchi, Giulio. Cosa hai visto nel conto di Pirroni che ti ha fatto pensare a quel tipo di reato?»

Marfoglia cercò un documento nel plico che aveva davanti, e dopo averlo trovato lo mostrò agli altri due. «Finta vendita di immobili; detta anche vendita fittizia. Un appartamento che non vale niente comprato per centosessantamila euro. Tipica operazione di *money laundering*. Una delle tante possibili, per la verità.»

«E come funziona?»

«Un'organizzazione criminale ha raccolto illecitamente una certa somma, diciamo duecentomila euro, ma vuole ripulirli per reimmetterli nel circuito legale; per poterli utilizzare, insomma. Allora individua un immobile che vale, mettiamo, quarantamila euro, e lo compra in maniera del tutto legittima, versando quel prezzo, da un venditore irreprensibile e incensurato.»

«Che però è un complice?»

«Niente affatto, di norma è un cittadino onesto che non sa nemmeno di essere entrato a far parte di uno schema criminale.»

«E dove entra in gioco Pirroni?»

«Pirroni compra l'immobile dall'organizzazione criminale ad un prezzo molto superiore al suo valore di mercato, pagandolo regolarmente con un bonifico, o comunque con un mezzo assolutamente legale e tracciabile; centosessantamila euro, per esempio. Poi l'organizzazione criminale restituisce i soldi a Pirroni, in contanti. Tutti, o una parte di essi; se vengono restituiti gli stessi centosessantamila euro, Pirroni va in pari ma ci guadagna un appartamento, per scassato che sia. Se ne restituiscono centocinquantamila, si fa per dire, Pirroni ha pagato diecimila euro per l'appartamento; in ogni caso un affare per entrambi.»

«L'organizzazione però ci rimette.»

«Sì, è vero. Per esempio, l'organizzazione può aver sborsato duecentomila euro, dei quali quarantamila all'inconsapevole proprietario dell'immobile e centosessantamila a Pirroni, e riceve in cambio centosessantamila euro puliti. Ma centosessantamila euro che puoi spendere sono meglio di duecentomila che ti tocca tenere nel cassetto.»

«Quindi è questa la tua conclusione?»

«Ci scommetterei la camicia, ma si può fare un ulteriore accertamento: basta verificare chi ha venduto l'appartamento a Pirroni, e anche quanto l'abbia pagato. Se la differenza è eccessiva, come nell'esempio che ho fatto io, non ho dubbi che siamo in presenza di questo tipo di reato.»

«Fortini invece non ha fatto operazioni di questo tipo. Dal suo conto non risulta, perlomeno.»

«Non vuole esporsi, evidentemente. Questo tipo di operazioni può attirare l'attenzione delle autorità, e probabilmente lui ha un ruolo importante all'interno dell'organizzazione criminale, e vuole mantenersi defilato.»

«Un ruolo come contabile?»

«Come gestore di tutta una serie di operazioni per il riciclaggio del denaro sporco. Quella che ho nominato prima, la vendita fittizia di immobili, è solo una delle tante; c'è anche lo *smurfing*, il gioco d'azzardo, l'acquisto del biglietto vincente di una lotteria, e molte ancora. Vedete, queste organizzazioni criminali sono formate da gente violenta, ma in media piuttosto ignorante, quindi hanno bisogno di appoggiarsi a professionisti, e questo Fortini deve esserlo, così come quel Pirroni, nel suo campo. Un esperto di contabilità e un altro di informatica sono sicuramente un binomio vincente.»

«E quel terreno agricolo acquistato da Pirroni? Potrebbe essere un'altra operazione di riciclaggio?»

«Tutto è possibile, ma mi sentirei di escluderlo, per almeno due motivi. Primo, Pirroni si era già esposto a suo tempo con l'acquisto dell'appartamento, e come ho spiegato prima queste operazioni attirano l'attenzione. In secondo luogo, perché l'operazione abbia un senso occorre che ci sia una forte discrepanza tra i prezzi pagati; ma in caso di terreni agricoli i valori di mercato sono piuttosto oggettivi.»

«Intendi dire che non si può barare più di tanto?»

«Esatto. Un appartamento può essere prezzato in modi diversi, e qualcuno può decidere di pagarlo molto, se ci tiene per qualche motivo. I terreni agricoli hanno dei prezziari standard. Un terreno incolto come quello, in una zona come quella, dovrebbe andare dai tre ai quattro euro al metro quadro.»

«Quindi un totale intorno ai diecimila euro. Va bene, potresti per favore fare anche questo accertamento? Vedere da chi l'ha comprato, e a quanto?»

«Senz'altro, anche se non credo che ci porterà a qualcosa.»

«Vogliamo un'indagine completa ed esauriente, Giulio. Con tutti i dettagli al loro posto. E che un tipo come quello acquisti un terreno per mettersi a coltivare patate è del tutto ridicolo. Vorrei una spiegazione, se non altro per soddisfare la mia curiosità.»

Marfoglia adocchiò Miccoli. «Lei è d'accordo, naturalmente, commissario capo?»

«Ma certo. Mi fido ciecamente della mia collaboratrice.»

«Bene, allora. Quello cui mi dedicherò sarà innanzitutto di escludere che il nero di cui Fortini dispone derivi dalle collaborazioni esterne. Una volta dimostrato questo, sarà evidente che la provenienza dei suoi fondi non dichiarati è criminale, e non solo irregolare dal punto di vista fiscale. Naturalmente nella speranza che le aziende che contatterò siano collaborative.

«Poi cercherò i dati sulle due operazioni di compravendita dell'immobile: chi ha venduto a chi, la prima volta, quando, e a che prezzo. Se è come dico io, l'acquirente dovrebbe risultare una società abbastanza equivoca. E poi farò gli accertamenti sul tuo campetto.»

«Non è il *mio campetto*,» protestò Chiara, un po' piccata; era evidente che lei era l'unica a cui interessasse capirne di più su quella strana anomalia del terreno agricolo.

Marfoglia alzò le mani. «Scusa, intendevo dire il campo che ti interessa. Come ho detto, mi sembra un dettaglio del tutto marginale rispetto al quadro che ci troviamo di fronte, ma ho promesso che indagherò, e lo farò.»

Detto ciò, Marfoglia riprese il suo posto e proseguì negli accertamenti, usando stavolta anche il telefono; lo stesso fecero anche Miccoli e Chiara, nonostante quest'ultima faticasse a concentrarsi su pratiche banali come passaporti o denunce di smarrimenti di carte d'identità. Vedendola distratta, Miccoli le si avvicinò. «Marfoglia è in gamba, e in queste faccende è evidentemente molto più esperto di noi,» le disse. «Sta facendo un buon lavoro, ed ha tutto sotto controllo.»

«Non ne dubito. Perché senti il bisogno di dirmelo?»

«Perché, sapendo che le cose stanno andando come devono andare, potresti provare a rilassarti un po'. Non puoi fare niente di più di quello che sta facendo lui. Farà anche quello che gli hai chiesto di fare su quel terreno che ti ossessiona, quindi perché non estranei la tua mente dall'indagine e provi ad esaminare quelle pratiche con la dovuta diligenza? Non vorremmo mai che qualcuno si trovasse con un passaporto sballato.»

«Sto molto attenta e ricontrollo tutto, proprio perché mi sono accorta che faccio un po' fatica a concentrarmi. Però quel terreno è semplicemente una mia curiosità, non una mia ossessione.»

«Sicuramente è così, ragazza. E chissà che magari il tuo intuito non faccia centro anche stavolta.»

Senza dire altro, l'uomo tornò alla propria postazione di lavoro.

CAPITOLO 18

Verso mezzogiorno anche gli altri agenti presenti avevano iniziato a mettere via un po' di faldoni per prepararsi alla pausa pranzo. Miccoli chiamò a sé Chiara e Marfoglia. «Bene. Adesso chiudo la baracca, e noi tre andiamo a mangiare in una trattoria favolosa che Chiara mi ha fatto scoprire l'altro giorno. Offro io, stavolta. Siccome preferisco che là dentro non parliamo di argomenti strettamente connessi all'indagine, prego Giulio di esporci adesso, a grandi linee, quello che ha scoperto in queste ultime due orette.»

«Bene,» disse Marfoglia, che dava l'idea di essere un buongustaio ed aveva evidentemente gradito l'invito in un posto dove si mangiava bene. «Ci sono tre aziende che si avvalgono della collaborazione esterna di Piercarlo Fortini. Nessuna è piemontese; due sono lombarde, una è toscana. Tutti quelli che ho sentito giurano che i loro pagamenti a Fortini sono soltanto quelli che risultano ufficialmente, con fattura e bonifico, cioè mai più di tremila euro per nessuna delle tre aziende, e per un totale annuale di seimilanovecento euro l'anno scorso, e importi simili negli anni precedenti.»

«D'altra parte,» obiettò Miccoli, «se ci fossero pagamenti in contanti non potremmo saperlo.»

«No, però come sarebbero avvenuti? Spedendo banconote per posta?

Rischioso. Oppure Fortini va in Toscana e in Lombardia a prendersi i soldi? O sono loro che mandano un dipendente con una busta piena di banconote? Non mi sembrano ipotesi credibili. Anche perché saprete benissimo che, dal punto di vista della redazione del bilancio finale, all'azienda conviene far registrare tutte le sue spese in modo da minimizzare gli utili e pagare meno imposte. E questo discorso vale naturalmente anche per la società di Panzironi.»

«Bene. Allora gli introiti oscuri del nostro amico, e probabilmente per estensione anche di quell'altro, provengono da qualche organizzazione criminale. Sei riuscito a sapere altro?»

«Ragazzi, se vi aspettavate *Flash*, mi spiace ma devo deludervi. Io faccio le cose con calma e metodicità. Il resto alla prossima puntata, cioè questo pomeriggio.»

«Naturalmente, Giulio. Direi che ti sei guadagnato un pranzo succulento. Possiamo andare a piedi, è a meno di dieci minuti da qui.»

*

In quello stesso momento si stava pranzando, in un'atmosfera imbarazzata, anche in casa di Piercarlo Fortini. A tavola erano in tre: Marta, Luigi e la piccola Marianna; nei piatti c'erano tagliatelle alla bolognese. «Spero che le vadano bene, signor Luigi,» disse Marta con un tono di voce umile.

L'uomo sogghignò. «Il profumo è delizioso, signora; sono sicuro che sarà buonissimo.»

«Tu sei un uomo cattivo, Luigi?» Chiese di punto in bianco la bambina.

«Marianna! Ti sembrano domande da fare?» Protestò Marta, spaventata dalla possibile reazione dell'uomo.

Tuttavia lui sembrò non prendersela. «Perché pensi che io sia cattivo, tesoro?»

«Non so. Mi sembri cattivo, come papà.»

«Il tuo papà è cattivo?»

«Certo. Lui picchia la mamma.»

«Ah, sì? Beh, sai cosa ti dico? Io posso essere molto cattivo con i miei nemici, su questo hai ragione. Ma non me la prenderei mai con una donna. Ho dei principi, io. E adesso mangia, la tua mamma ha preparato un piatto buonissimo, sarebbe un peccato se si raffreddasse.»

*

Altre tre persone, ovvero Miccoli, Marfoglia e Chiara Paradisi, si trovavano davanti ad un piatto, stavolta di risotto ai frutti di mare. Miccoli voleva chiedere qualcosa all'ispettore, ma costui si dimostrò troppo impegnato ad assaporare quel primo prelibato, e decise di aspettare; dopo che il cameriere ebbe portato via i piatti della prima portata, e in attesa che arrivassero quelli della seconda, il commissario capo chiese: «Tu non sei mica juventino, vero, Giulio?»

L'altro lo guardò, sorpreso. «Non amo molto il calcio. Diciamo che sono blandamente interista.»

«Ah, sì? Beh, potremo andare abbastanza d'accordo, allora. E adesso, potresti illustrarci alcuni degli altri metodi di riciclaggio del denaro sporco, oltre a quello di cui ci hai già parlato?»

«Ma dicevi che non volevi che ne parlassimo qui, in pubblico.»

«Non è che siamo proprio in pubblico, qui. I più vicini a noi saranno a quattro metri. E poi avevo detto che non dovevamo discutere i dettagli della nostra particolare indagine; io infatti ti sto chiedendo di illustrare in generale quali siano le tecniche usate in questi casi. In generale, ripeto, quindi senza fare nomi o riferimenti concreti.»

«Certo,» disse Chiara. «Ti prego, sono interessata anch'io.»

«Bene, allora. Immaginiamo che io abbia vinto alla lotteria, una qualsiasi lotteria, una somma rilevante. Facciamo cinquantamila euro. Immaginiamo che l'organizzazione criminale ne venga a conoscenza, e mi contatti, offrendomene sessantamila. Io vendo loro il biglietto per quella cifra, loro ci hanno rimesso diecimila euro ma ne riscuotono cinquantamila perfettamente puliti.

«Oppure, immaginiamo che io faccia parte dell'organizzazione criminale; entro in un casinò e compro un sacco di gettoni per giocare. Magari ne uso un po' per fare qualche puntata, ma in realtà me li tengo tutti o quasi. Dopo qualche ora mi reco alla cassa e consegno i gettoni in cambio di denaro. Pressappoco sarà la stessa quantità di contante che avevo sborsato io in partenza, solo che adesso mi farò rilasciare dalla casa da gioco un documento che attesta che quel denaro è il risultato di una vincita. Il che rende giustificato il fatto che io ne sia in possesso. Quel denaro adesso è pulito.

«A volte poi le organizzazioni criminali acquisiscono le case da gioco, nel qual caso le cose sono molto più semplici: basta dichiarare che i soldi sono redditi della casa da gioco stessa.

«Poi c'è il cosiddetto *smurfing*: significa che si versano importi molto piccoli di denaro sporco su molti istituti di credito e da parte di diverse persone, e in tempi diversi. Gli importi ridotti non vengono controllati, ma il risultato finale è che un importo rilevante viene ripulito mediante tante piccole operazioni.

«Ora immaginiamo che io versi all'erario un importo volutamente esagerato, e poi affermi di aver commesso un errore di calcolo. L'erario mi rimborserà, e il denaro rimborsato sarà pulito.

«Oppure io potrei comprare in contanti vari oggetti d'antiquariato, e poi mandarli in giro per il mondo, per essere venduti all'asta. I soldi ricavati sarebbero puliti.

«Se decidessi invece di comprare un ristorante, o un altro tipo di esercizio commerciale ad alta intensità di circolazione di contante, potrei fare in modo da fatturare più di quello che ho venduto; in pratica, sarei il contrario di un evasore fiscale, e creerei delle ricevute fiscali fittizie, che comunque giustificherebbero il possesso da parte mia di denaro sporco, che però adesso è diventato pulito.

«Mettiamo poi che io abbia due società: la prima ordina delle merci alla seconda, per un importo di centomila euro, poniamo, solo che in realtà il valore di quanto scambiato è la metà: i cinquantamila euro di differenza sono l'importo da riciclare.

«Oppure potrei comprare per pochi soldi un negozio o un locale pubblico che sta andando in rovina. Mettiamo che lo paghi cinquantamila euro, che dovranno essere soldi puliti, giustificati. Poi però lo ristrutturo, usando per la maggior parte denaro sporco, in contanti, mettiamo altri centomila euro. Se riesco poi a rivendere per centocinquantamila euro, o anche per qualcosa di meno, il locale rimesso a nuovo, ho acquisito denaro pulito.»

«Impressionante,» disse Chiara.«Avrei delle altre domande da fare, ma è meglio rimandarle a dopo, anche perché vedo che sta arrivando la coda di rospo.»

*

Un'ora dopo in ufficio, prima che Marfoglia si rimettesse al lavoro, Chiara gli chiese ulteriori spiegazioni sulle tecniche di riciclaggio. «Senti, Giulio. Tu sei stato molto esauriente sui metodi che usano queste organizzazioni criminali. Ma tu pensi che Fortini li utilizzi tutti?»

«I proventi da attività illecite in Italia sono svariati miliardi, che vanno spezzettati in una miriade di operazioni di tipo diverso. quindi la risposta è sì; se non tutti, la maggior parte di quelli che ho descritto. Magari lui è anche un tipo fantasioso, e ne ha inventato altri che io non conosco.»

«Tutto questo richiede un sacco di complici, però; basta pensare allo *smurfing*.»

«Sì, è una rete enorme. Spesso non si tratta di criminali veri e propri, ma di gente che fa fatica a tirare avanti, soprattutto in tempi di crisi economica, e non pensa di star commettendo veramente un reato. Se Fortini e Pirroni sono i loro uomini, qui a Torino, devono avere in mano una mole impressionante di dati, che farebbero molto comodo anche alla polizia.»

«Perfetto. Allora non ti trattengo più, continua pure a scavare nel torbido.»

*

Alle diciassette Marfoglia aveva finito di mettere insieme i dettagli che considerava rilevanti, ed ebbe un'ultima riunione con i colleghi, nell'ufficio di Miccoli.

«Allora, cominciamo dall'appartamento di Pirroni: è stato acquistato dieci mesi fa da una società, la XCZ Srl, per trentaduemila euro, dagli eredi di un'anziana signora deceduta a novantadue anni. Ho fatto delle ricerche su tale società, e come mi aspettavo è uno di quei gusci vuoti che servono solo a coprire questo tipo di operazioni sporche. Sono create e amministrate da dei prestanome, per esempio degli avvocati con molto pelo sullo stomaco, ma a volte ci mettono dentro anche, come responsabili, persone anziane e nullatenenti, che non sarebbero chiamati a rispondere né in sede penale, né civile, per eventuali problemi che dovessero sorgere in seguito a controlli. Purtroppo la legislazione italiana è carente in merito, e non prevede la chiusura forzata di società che non svolgono l'attività dichiarata nell'oggetto sociale.»

«Quindi questa XCZ non ci porterebbe all'organizzazione criminale,» disse Chiara.

«Sicuramente no. Ricordo dei casi in cui gli "amministratori" di alcune di queste società furono interrogati, in seguito a illeciti fiscali accertati, e si scoprì che si trattava di gente che non sapeva nemmeno di essere in quella posizione.»

«Però ci fa capire che c'è dietro la criminalità organizzata.»

«Di sicuro. Ah, mi sono dimenticato di dire che prima di spostarsi lì a Rivoli Pirroni viveva in affitto a Torino, sempre con la madre, nel quartiere Mirafiori nord. Bene, poi ho fatto qualche accertamento anche per quanto riguarda il tuo terreno, Chiara.»

«Ti ho già detto che non è il *mio* terreno.»

«Scusa. Comunque in questo caso sembra che sia tutto regolare. Il venditore è un certo Artemio Gandolfi, di professione contadino. E se ti interessa sapere perché questo tizio l'ha venduto, ti dirò che l'ho chiamato al telefono e lui me l'ha spiegato. Ha settantacinque anni e il diabete, e non ce la fa più a lavorarlo; tra l'altro, ha quattro figlie femmine, quindi nessuno interessato a continuare al suo posto. Ha anche messo in vendita altri terreni, in gran parte acquisiti da altri agricoltori.»

«E il prezzo di vendita?»

«Sono quattordicimila euro.»

«Un po' di più di quello che avevamo stimato, no?»

«Infatti, secondo i prezzi di mercato di quella zona avrebbe dovuto essere più qualcosa sugli undicimila euro. La differenza non è comunque significativa, ed è spiegabile con il fatto che c'è un confinante che era anch'egli interessato al campo, il che ha fatto lievitare un po' il prezzo. Sai, la legge della domanda e dell'offerta.»

«Capisco. Ma questo vuol dire che Pirroni ci teneva a quel campo in particolare, tanto da pagare tremila euro in più. Avrebbe potuto puntare su altri lotti, no?»

«Ma cosa sono tremila euro per uno come Pirroni, che riceve soldi a palate dalla criminalità organizzata? Sul suo conto ci sono parecchie decine di migliaia di euro, ma sospetto che ne conservi molti altri in contanti.»

«Va bene, lasciamo perdere; vorrà dire che continuerò a tenermi la mia curiosità su questa cosa,» disse Chiara, sapendo benissimo che non sarebbe mai riuscita a farlo.

«Bene. Allora a questo punto direi che non ci rimane altro da fare che scrivere la nostra richiesta di autorizzazione a procedere nei confronti di Fortini e Pirroni, che dovrà vedere l'intervento della mobile. Ovviamente dovrà essere molto dettagliata. Se fossi in te, commissario capo,» disse rivolto a Miccoli, «contatterei fin da ora il procuratore Merlin, in modo che possa concederci un appuntamento quanto prima.»

Miccoli accolse il suggerimento, e ottenne udienza dal magistrato per le dieci del mattino del lunedì. Purtroppo l'indomani, che era sabato, il procuratore era in trasferta per un caso importante e non poteva ricevere nessuno.

Chiara tuttavia non era molto contenta. «Sei stato molto professionale e in gamba, Giulio, e non ti ringrazierò mai abbastanza per l'aiuto che ci hai dato. Però c'è una cosa che non ti ho detto, cioè che in casa Fortini si sta svolgendo un dramma famigliare, in questi giorni. Oltre ad essere un probabile consulente del crimine organizzato, quell'uomo picchia la moglie, e in modo brutale. Adesso lui ha tutto il fine settimana per continuare a farlo.»

«Non ne avevo idea, e mi dispiace. Ma non è che si potesse fare molto più di così.»

«Hai ragione. Allora, mettiamoci a compilare questa benedetta richiesta di autorizzazione a procedere.»

*

Erano tutti e tre dei perfezionisti, per cui finirono dopo le diciannove. Si salutarono con l'intesa di ritrovarsi davanti al procuratore di lì a tre giorni. Le cose erano però destinate ad andare in un altro modo.

CAPITOLO 19

Sabato 4 maggio 2019, ore 7.45; commissariato di Borgo Po, Torino.

«Oggi è il gran giorno, eh, Pietro?» Chiese Chiara.

«Vedo che ti sei ricordata. Vuoi accompagnarmi nel mio personale pellegrinaggio?»

«Senza offesa, Pietro, ma non è il mio genere. Di notte, dopo tutto lo stress accumulato in questi giorni? No, grazie.»

«Con me funziona da antistress, comunque non insisto. Hai fatto niente di particolare, ieri sera?»

«Vuoi sapere se ho coltivato la mia ossessione malata del terreno di Pirroni? Se sono andata a ispezionarlo?»

«Beh, più o meno sì, è quello che ti sto chiedendo.»

«Ero troppo stanca ieri. Oggi abbiamo il pomeriggio libero, quindi magari lo farò. Prima però dovrò studiare un po', ieri non ne ho avuto la forza; troppo stanca, come dicevo.»

«D'accordo. Allora rilassiamoci, ci aspetta una tranquilla giornata di lavoro.»

Il sabato mattina l'unico ufficio aperto era quello per le denunce, e il tempo passò velocemente.

*

A mezzogiorno in casa Fortini erano presenti quattro commensali; oltre ai tre membri della famiglia c'era Mario, il terzo degli aiutanti di Fabiani; fu servito il pranzo, ma il primo era costituito soltanto da pasta in bianco, e Marta si scusò. «Mi dispiace, ma non avevo altro per condire se non burro o olio d'oliva. Ho bisogno di andare a fare la spesa.»

Fortini si arrabbiò. «Non potevi andare ieri?»

«Mi spiace, non ci ho pensato.»

Mario intervenne. «Va tutto bene, non state a litigare per questo. Certo, se la signora vuole andare a fare la spesa può farlo, ma noi non vogliamo che le succeda qualcosa, giusto?»

«Cosa intendi dire?» Chiese il marito, sospettoso.

«Semplicemente che dovrò chiamare qualcun altro, così si potrà scortare la signora Marta in negozio, e Nicola o Luigi potranno stare qui a proteggere te e la bambina.»

«Non sapevo che avessimo bisogno di protezione.»

«Eh, caro mio … ci sono tante cose che non sai. Ma adesso non pensiamoci, e mangiamo. Sono sicuro che tua moglie è una cuoca tanto brava che anche la pasta in bianco, se fatta da lei, diventa un piatto speciale.»

*

Tornato a casa dopo il lavoro, anche Miccoli pranzò, e nel pomeriggio fece una doccia e indossò una nuova tuta elegante, ovviamente targata Torino calcio, che avrebbe utilizzato anche quella sera. Poi gli venne un'idea. Accese il computer e lanciò l'applicazione Google maps, verificando quali fossero i negozi di alimentari più vicini alla casa di Fortini, e trovandone due che

130

potevano corrispondere. Perché non ci aveva pensato prima? Se era vero che Marta poteva uscire solo per fare la spesa, in quei negozi dovevano conoscerla. Magari aveva detto qualcosa a qualcuno dei commessi o delle commesse con cui poteva aver instaurato un rapporto di fiducia.

Probabilmente niente che avrebbe potuto essere utile per l'indagine, ma valeva comunque la pena di tentare. Erano le quindici, e avrebbe trovato i due supermercati aperti; senza stare a rifletterci troppo, prese le chiavi dell'Audi e uscì di casa.

*

Alla fine Fabiani decise che Nicola avrebbe accompagnato Marta al supermercato, mentre Mario sarebbe rimasto in casa a tenere d'occhio Fortini.

Marta ne fu leggermente sollevata, ma si chiese lo stesso se, per quanto tonto potesse essere quel delinquente che la accompagnava, sarebbe stato saggio consegnare alla cassiera la chiavetta; e poi, lei avrebbe capito che doveva consegnarla alle forze dell'ordine? Oppure con quell'atto Marta avrebbe messo in pericolo anche la vita di quella povera donna?

Inutile pensarci, decise. Avrebbe fatto quello che sarebbe stato meglio fare in base alla situazione che si sarebbe creata.

*

Pietro Miccoli era stato in uno dei due supermercati che aveva individuato poco prima, ma il colloquio con il personale di vendita era stato insoddisfacente: qualcuno aveva riconosciuto la foto di Marta, ma non c'era nessuno che ne sapesse il nome, e di sicuro non era una cliente abituale. Dopo aver ringraziato era uscito e si era diretto verso il secondo punto di vendita. E vi arrivò più o meno allo stesso tempo di Marta, che tuttavia era in compagnia di un giovanotto di aspetto non proprio raccomandabile; chi poteva mai essere? Poi si diede subito della bestia per non averlo capito immediatamente: non poteva che essere un criminale legato all'organizzazione che si occupava del riciclaggio del denaro sporco.

Rimase incerto per un momento su che cosa fosse meglio fare, poi decise che era ora di prendere il toro per le corna, e si fece avanti. «Signora Michelini,» chiamò.

Lei si girò. Appena lo vide non sorrise, ma lui poté lo stesso vedere il sollievo nei suoi occhi. Aveva bisogno di aiuto? Doveva affrontare il suo accompagnatore? «Signor Miceli. Che piacere vederla,» gli disse lei, strizzando l'occhio.

Miccoli rimase scioccato. Quella donna, che aveva giudicato una povera scema, stava forse imbastendo una commedia per ingannare quel giovane bovinide che le stava appresso? Per questo aveva storpiato il suo cognome? Se di questo si trattava, doveva assecondarla. Cercò di imbastire un discorso, mentre notava che l'altro uomo si irrigidiva; chissà se era armato.

«Come va, signora? Ho saputo che è caduta, purtroppo.»

«Eh, sì, sono proprio sbadata. Ma passerà anche questa.» La donna si stava avvicinando a lui; che volesse dirgli qualcosa? Purtroppo il bovinide stava facendo buona guardia.

Ad un tratto Miccoli ebbe un'idea, e la mise in pratica avvicinandosi a Nicola, e allungandogli una mano. «Lei deve essere un amico di Marta e di Piercarlo, immagino. Piacere, Antonio Miceli.»

Poco convinto, l'altro gliela strinse, borbottando: «Nicola.»

Nessuno dei due si accorse che Marta aveva infilato qualcosa nella tasca sinistra della tuta del commissario capo. Poi il sedicente Nicola disse: «Ci scusi, ma Marta ha fretta di fare la spesa.»

«Ma certo, si immagini. Omaggi a suo marito, signora.»

Mentre i due si trovavano nel negozio, entrò velocemente anche Miccoli, ma solo il tempo necessario per scattare con il cellulare qualche foto all'uomo, dopo aver trovato una posizione tra gli scaffali dalla quale non poteva essere visto.

Poi se ne andò, ma per dimostrare di essere un normale cliente quando arrivò alla cassa allungò la mano dietro di sé per prendere dallo scaffale uno dei soliti pacchetti di caramelle che vengono tenuti in quella posizione, per i cosiddetti acquisti d'impulso. Lo posizionò sul banco e pagò quanto richiesto. Gli sembrò che la cassiera lo guardasse in modo strano; forse aveva capito che era un poliziotto? La cosa lo preoccupò.

Poi abbassò lo sguardo e capì che il motivo era un altro: aveva appena acquistato un pacchetto di preservativi. Intascò il resto e se ne andò, sperando di non essere arrossito troppo.

Tornò nell'Audi, parcheggiata poco distante, e aspettò. Vide Marta e Nicola uscire, con un paio di borsoni pieni portati da lui; se non altro era galante, pensò.

Attese altri cinque minuti, poi entrò nuovamente in negozio.

*

Andò dalla cassiera che lo aveva servito, una tipa lentigginosa vicina ai cinquanta, che era l'unica attualmente in servizio alle casse, e si presentò, esibendo il distintivo: «Commissario capo Miccoli.»

La donna spalancò gli occhi, poi fece spallucce. Non aprì bocca, ma secondo il poliziotto stava pensando qualcosa come "Immagino che anche i poliziotti scopino". Gli fu subito antipatica.

Invece disse: «Mi dica, capo.»

«Le volevo chiedere di quella signora che ha fatto la spesa poco fa. È una cliente abituale di questo negozio?»

«Si riferisce a Marta? Sì, credo che venga sempre qui, a fare la spesa. Anche se di solito è da sola. Non l'avevo mai vista accompagnata dal marito.»

«Quindi secondo lei quello sarebbe il marito?»

«Perché, non lo è? Oddio, vuol dire che è un amante?»

«Permetta a me di fare le domande, per favore. Lei non sa molto di Marta, mi sembra.»

«Sinceramente no. Scambiamo due parole ogni tanto, ma non so molto di lei. Ha una bambina, di cui però non ricordo il nome, e so che qualche tempo addietro ha lavorato in una profumeria. A parte questo, non potrei dirle altro.»

«Vedo. E c'è qualche sua collega con cui l'ha vista parlare di più? Qualcuna con cui sia entrata più in confidenza?»

«Mah, non penso. Qui la persona più socievole sono io, perciò … »

«Socievole … sì, certo. Immagino.»

«Comunque se vuole le chiamo qui qualche altra commessa, di quelle addette al posizionamento delle merci sugli scaffali, magari.»

«No, no, lasci stare,» disse Miccoli, che cominciava già a pentirsi di quello che stava facendo. «Senta, adesso me ne vado, e vorrei che lei non facesse parola a nessuno di quello che ci siamo detti.»

«Non dubiti. Da questo momento sarò muta come una tomba.»

Solo parzialmente rassicurato, Miccoli le fece un cenno di saluto e si avviò all'uscita, ma fu fermato a un passo dalla grande porta a vetri. «Ehi, capo!» era la voce stridula della cassiera. «Ottima scelta, quella marca. Li usava anche mio marito, quando ne aveva ancora bisogno. Non si rompono mai.»

Digrignando i denti, Miccoli si chiese se il suo stato di servizio irreprensibile lo avrebbe aiutato nel caso di un'accusa di omicidio. Cercando di non perdere la calma, si avviò alla sua automobile e ripartì.

CAPITOLO 20

Mezz'ora dopo, l'uomo che si faceva chiamare Fabiani raggiunse il supermercato in cui aveva fatto la spesa Marta Michelini. Il racconto di Nicola lo aveva un po' allarmato; si fosse trattato di un'altra persona, non ci sarebbe stato nulla di strano, ma non gli tornava che ci fosse un tizio che abitava nel quartiere che fosse amico contemporaneamente di un misantropo come Piercarlo Fortini e di una povera scema schiavizzata come la moglie. Sì, era il caso di approfondire.

Quella cassiera di mezza età piena di lentiggini sembrava una pettegola inguaribile, quindi forse sarebbe riuscito a tirarle fuori le informazioni che gli servivano.

Tirò fuori il suo miglior sorriso e una patacca finta da poliziotto. «Ehilà, come va?»

La donna si girò a guardarlo, e vide un brutto ceffo con una cicatrice vistosa. «Un altro della polizia? Anche a lei servono preservativi?»

Fabiani si fece subito attento. «Ha parlato già con il mio collega, vedo. Si tratta per caso del commissario Miceli?»

135

«Qualcosa del genere, sì. Voleva sapere qualcosa sulla signora Marta, ma non avevo niente di particolare da dire. Anzi, non dovrei dirle neanche questo, perché quello dei preservativi mi ha detto di stare zitta, ma se anche lei è della polizia non c'è nulla di male, giusto?»

«Giustissimo. La ringrazio, signora,» rispose Fabiani girandosi per andarsene.

«Aspetti, non voleva chiedermi qualcosa?»

«Eh? Ah, no, volevo solo sapere se aveva visto il mio collega, e ora lo so. Grazie ancora.»

*

Fabiani convocò tutti i suoi sgherri in casa di Piercarlo Fortini, e alle diciassette e un quarto ebbe luogo nel loro salotto riccamente arredato una riunione a quattro. I tre membri della famiglia erano stati chiusi a chiave nella stanza da letto matrimoniale.

«Credo che sia ora di far fuori quel Miccoli. È senz'altro lui quello che ha avvicinato Marta, al supermercato. Luigi, Mario, voi due andate davanti a casa sua. Sta a Moncalieri, adesso vi scrivo l'indirizzo.»

«Dobbiamo entrare in casa e ucciderlo?» Chiese Luigi.

«No, ci sono cinque persone là dentro. Scatenereste una caccia all'uomo nazionale. No, aspettate che esca, se non lo fa oggi lo farà domani. E dovrà sembrare un incidente, se possibile.»

«Va bene, capo. E quell'altra poliziotta?»

«Quella è giovane e inesperta, senza la guida del suo capo si arenerà. Se invece dovesse cercare di continuare, e si avvicinasse troppo anche lei, ci penseremo. Ma se li facciamo fuori tutti e due oggi capirebbero che c'è sotto qualcosa. Forza, andate.»

Senza dire altro, i due si alzarono dal divano e uscirono dall'appartamento.

*

Verso le diciassette e venti Chiara aveva finito di studiare tutti i capitoli che aveva deciso di fare per quel giorno, quindi chiese di nuovo alla madre il permesso di usare la Panda. Avutolo, scese in strada, si mise al volante e partì.

*

Piercarlo e Marta erano stati fatti uscire dalla loro stanza e portati in salotto, davanti a Fabiani e a Nicola, mentre Marianna aveva potuto raggiungere la sua stanzetta.

«Devi spiegarmi una cosa, Marta,» le disse Fabiani. «So per certo che tu hai incontrato il commissario capo Miccoli, fuori dal supermercato. E allora, perché hai finto di non riconoscerlo? L'hai addirittura chiamato con un altro nome.»

La donna guardò il bandito, smarrita, poi lentamente annuì. «Il motivo lo dirò solo a te.»

Stupito, lui acconsentì, e la prese per il gomito, riportandola in camera da letto. «Ebbene, parla.»

«Ho riconosciuto subito il commissario capo, anche se il nome l'ho storpiato per sbaglio. Ma avevo paura della reazione di Nicola.»

«Cosa vorresti dire?»

«Ecco, secondo me Nicola non è tanto intelligente, e se avesse capito che quello che veniva verso di me era un poliziotto magari si sarebbe impaurito. Non so, sarebbe scappato, o l'avrebbe colpito. Volevo impedire che succedesse. Ed è per questo che adesso volevo parlarti da solo, perché Nicola non si offendesse.»

Fabiani rimase di stucco. La spiegazione aveva perfettamente senso. E dimostrava, tra l'altro, che Marta Michelini doveva essere meno scema di quello che sembrava a prima vista.

Annuì, quasi con aria di approvazione, e i due uscirono dalla stanza. Per tornare in salotto occorreva passare davanti alla porta chiusa dello studio privato di Piercarlo, e per la prima volta Fabiani fu incuriosito. «Piercarlo, cosa c'è là dentro?»

L'altro si fece terreo in volto. «Niente.»

Fabiani sospirò. «Ah, sì? Beh, adesso tu apri quella porta.»

*

Chiara si fermò un attimo per fare un paio di acquisti in un negozio di ferramenta, poi risalì in macchina. Dopo un solo chilometro, la ventola della Panda cominciò a produrre un rumore insopportabile, e la giovane cominciò ad imprecare; poi si calmò, fece dietro-front e la condusse fino ad un elettrauto che aveva intravisto all'andata.

Per fortuna il tipo che lo gestiva non aveva molto da fare al momento, e le disse che entro mezz'ora avrebbe provveduto alla sostituzione. Chiara raggiunse un bar nelle vicinanze, entrò e ordinò un chinotto. Poi le arrivò una chiamata: si trattava di Pietro Miccoli.

*

«Ciao, Chiara. Volevo solo dirti che ho fatto un giretto dalle parti di Borgo Crimea, e ho visto Marta che andava a fare la spesa.»

«Le hai parlato?»

«Sì, ma senza poterle dire niente di che. Era accompagnata da un tizio, un bruto che secondo me è dell'organizzazione criminale di cui ci stiamo occupando.»

«Gesù. Sul serio?»

«Eccome, gli ho fatto qualche foto. Quando chiudiamo la comunicazione te le mando. Comunque Marta ha fatto la commedia, e non ha rivelato a quel tizio che sono della polizia. Forse sta veramente tramando qualcosa per sfuggire al controllo di quei bastardi. Dove per bastardi intendo quei criminali e anche il marito.»

«Speriamolo. D'accordo, Pietro, ci si vede lunedì.»

Qualche secondo dopo Chiara stava fissando sullo schermo del suo *smartphone* il viso inespressivo di un tizio a cui non avrebbe chiesto un passaggio in macchina nemmeno se fosse stata a piedi nudi su una strada cosparsa di carboni ardenti.

Un altro mezzo minuto, e le arrivò un'altra chiamata, che però stavolta rifiutò: non ci teneva a parlare con Michele adesso.

*

La password era ancora segnata sul blocchetto, e ci volle un minuto a Fabiani per individuare il file che lo interessava. «E così, Piercarlo, sei un gran figlio di puttana.»

L'altro uomo era agitato, ma non per questo perse del tutto la sua abituale

138

arroganza. «Non l'avrei mai usato. È un sistema generico di protezione, che scatta in automatico con la voce o il movimento. È un caso che tra quei video ci sia anche il filmato con Virgilio.»

«Però potevi cancellarlo, e invece l'hai archiviato con cura. Allora facciamo così: io adesso cancello tutto, e tu poi mi dici dove ci sono le copie di sicurezza.»

«Non ci sono altre copie, lo giuro.»

Fabiani annuì, estrasse una chiavetta e la inserì in una porta USB. Conteneva un programma, avuto da Elvis Pirroni, che cancellò il disco fisso interno senza possibilità di recupero dei dati, poi passò alle chiavette USB e ai dischi esterni che erano presenti nel locale, ma su di essi non c'erano copie del video che voleva eliminare.

Cosa cazzo doveva fare adesso con quella famiglia?

CAPITOLO 21

Ci vollero tre quarti d'ora e duecentoventi euro per la riparazione, somma che avrebbe notevolmente intaccato le disponibilità di Chiara. Comunque, erano arrivate le diciotto e trenta, e la giovane poliziotta decise di tornare a casa, almeno per cena.

*

Pietro Miccoli cenò in anticipo rispetto al solito, consumando un pasto calorico ma non pesante, poi salì sulla sua macchina diretto a Sassi. Non si accorse della berlina scura che gli si accodò, inserendosi nel traffico dietro la sua.

Dopo aver parcheggiato l'Audi a Sassi, un quartiere della parte nord-orientale della città, il poliziotto uscì dalla macchina lasciando lo *smartphone* all'interno: non voleva assolutamente interruzioni di nessun tipo, durante il suo pellegrinaggio. Poi raggiunse il punto da cui partiva il sentiero ventotto, e lo imboccò. Cominciava a far buio, essendo già le diciannove e trenta, ma lui conosceva ogni metro come le sue tasche, quindi procedette spedito.

Non altrettanto sicuri furono Mario e Luigi, che lo seguivano da un centinaio di metri e all'improvviso se lo videro sparire davanti agli occhi. Solo dopo qualche minuto trovarono il sentiero, e capirono che il loro obiettivo doveva essere per forza andato da quella parte.

Estrassero le loro pistole, delle Glock 17 con il silenziatore, e cominciarono a procedere anch'essi, senza avere la più pallida idea di quale fosse la destinazione finale del poliziotto.

*

Dopo cena Chiara chiese di nuovo il permesso di usare la Panda, facendo leva sul fatto di aver speso di tasca propria una cifra folle per la riparazione, e la signora Grazia cedette ancora. Nel frattempo le erano arrivate altre chiamate dal suo ex fidanzato, anch'esse rifiutate come la prima.

Alle diciannove e quarantacinque la poliziotta scese in strada e risalì in macchina. Vide Michele che stava venendo verso di lei a piedi, evidentemente innervosito per le chiamate senza risposta; fece finta di non essersi nemmeno accorta di lui, e partì a razzo.

*

Il telefono fisso in casa Fortini squillò. Il padrone di casa stava per rispondere, ma Fabiani lo bloccò con un cenno della mano, e sollevò la cornetta.

«Parlo con Piercarlo Fortini?» Chiese una voce.

«Sì, sono io,» mentì il criminale.

«La poliziotta vi ha scoperti.»

«Cosa? Vuole ripetere?»

«La poliziotta giovane sa di quello di Rivoli, quello che lavora con te. Adesso sta andando nella zona di Castagnole, ed è da sola.»

Poi solo il clic della comunicazione che si interrompeva. Fabiani cominciò a sudare freddo. C'erano decisamente troppi rami secchi da tagliare; per quanto riguardava Pirroni, non c'era problema; un altro come lui si trovava in fretta. Fortini però era un altro paio di maniche: avrebbe dovuto chiedere a Virgilio cosa fosse il caso di fare. E chi poteva essere quello che aveva appena chiamato? Gli era sembrato che avesse un accento veneto.

*

Fabiani fece una telefonata, poi raccomandò a Nicola di fare in modo che nessuno della famiglia scappasse, e infine uscì.

*

Intorno alle venti e venti Chiara fermò la Panda all'altezza del terreno agricolo di Elvis Pirroni. Scese, e si rese conto che le sarebbe servita la torcia. Infatti al limitare della strada c'era un lampione che proiettava un cono di luce per una decina di metri all'intorno, ma la maggior parte del terreno era completamente al buio.

Andò sul retro della piccola utilitaria e aprì il bagagliaio, estraendone un paio di guanti in nitrile, che indossò, e una borsa, che si mise a tracolla. Ne tirò fuori una torcia molto potente, che accese; si inoltrò nel terreno, che era stato arato, ma non di recente: era tutto a solchi, ma in mezzo a questi ultimi stavano già crescendo le erbacce.

La forma era approssimativamente rettangolare, con il lato corto che dava sulla strada. Sul lato lungo, a sinistra, sorgeva una piccola costruzione in muratura, di circa due metri per tre e con il tetto in lamiera ondulata, piuttosto decrepita, di cui lei conosceva l'esistenza avendola visualizzata con Google maps.

L'unica cosa relativamente nuova di quel rudere era una porta in legno grezzo, e soprattutto il lucchetto che la teneva chiusa. Chiara lo scassinò con il grosso tronchese che portava nella tracolla, ed entrò.

*

Il bandito con la faccia sfregiata chiamato Fabiani aveva fermato la sua macchina, una Fiat Bravo scura, all'imboccatura della stradina agricola, poi era sceso. Mentre aspettava, rifletté sulle decisioni che Virgilio gli aveva comunicato: uccidere Pirroni e la poliziotta, poi la madre di Pirroni, e dar fuoco al suo appartamento. Far fuori anche la famiglia di Fortini, e anche in quel caso distruggere con un incendio tutto quello che c'era, per eliminare qualsiasi possibile traccia. C'erano in ballo miliardi, non era il caso di fare gli schizzinosi, e chi se ne frega se andava a fuoco anche il resto dei palazzi. Certo, a Fabiani dispiaceva uccidere le belle donne, come Marta o la poliziotta, e anche le bambine, ma era un buon soldato e avrebbe obbedito. Qualche minuto dopo era arrivata la Mondeo di Pirroni, si era fermata e lui era salito al posto del passeggero. L'idiota alla guida non aveva idea di che cosa lo aspettava.

*

Chiara varcò la soglia di quell'ambiente ristretto, e subito provò un brivido a causa delle ragnatele che le si impigliarono nei vestiti e nei capelli. Mosse metodicamente la torcia, avanti e indietro, finché trovò una fessura di un paio di centimetri tra due mattoni. Si avvicinò tastando con le dita guantate, quindi ne estrasse un oggetto rettangolare di plastica nera: un disco fisso esterno, della capacità di due Terabyte, che mise nella tracolla in una tasca separata. Ecco il segreto del terreno di Pirroni, pensò.

Dopo aver finito di esaminare l'interno della struttura, uscì. Accostò la porta, constatando che il suo peso la faceva rimanere in posizione nonostante non fosse più trattenuta dal lucchetto. Da qualche metro non ci si sarebbe accorti che era stata forzata. Con la torcia illuminò l'orologio da polso: erano le venti e quaranta.

Non era fiera di aver infranto la legge per procurarsi ulteriori prove, ma voleva a tutti i costi togliere di mezzo quei criminali, e pensò che in fondo il rimorso che provava era un piccolo prezzo da pagare.

*

Vide la grossa berlina dopo aver fatto pochi passi. Era la Mondeo di Elvis Pirroni, e Chiara rimase per un attimo indecisa sul da farsi. Certo, quel giovanotto avrebbe potuto denunciarla per violazione di domicilio, ma lei contava invece di riuscire a intimorirlo rivelandogli quanto già la polizia sapesse sul suo conto; chissà, magari l'avrebbe addirittura indotto a confessare.

Avanzò con passo sicuro, finché entrò nel cono di luce proiettato dal lampione, e poi fu subito in strada, proprio mentre il giovane usciva dal posto di guida della sua vettura. Solo allora la poliziotta si accorse che c'era anche un passeggero.

*

L'uomo chiamato Fabiani uscì dalla macchina e sorrise sinistramente a Chiara. Una orribile cicatrice gli deturpava il viso, e nella mano guantata aveva una pistola con il silenziatore. «Ha trovato quello che cercava, vicecommissario?»

La donna ci mise un attimo a riprendersi. Cercò di parlare con voce calma, ma in realtà adesso aveva una paura fottuta. «A quanto pare lei sa chi sono io, ma io non posso dire lo stesso.»

Lui alzò le spalle. «Può chiamarmi Fabiani.»

«Suona falso, da come lo dice.»

«Infatti lo è. Allora, vuole rispondere?»

«Non ho trovato niente.»

«E perché era venuta qui, tanto per cominciare?»

«Non capivo perché Pirroni avesse acquistato un terreno agricolo, visto che lui non sembra avere la vocazione di coltivare la terra. Volevo vedere se c'era nascosto qualcosa.» Con la coda dell'occhio lei vide che il giovane aveva avuto un sussulto; evidentemente si chiedeva se il suo prezioso disco fosse stato rinvenuto.

Fabiani scoppiò in una risata. «Ottima intuizione, ma del tutto sbagliata. Il nostro Elvis, qui, ha semplicemente acquistato il terreno per costruirci la sua futura casa.»

«Ma è a destinazione agricola … »

«Conosciamo un assessore del comune; tra un paio d'anni ci sarà un nuovo piano regolatore, e il terreno diventerà edificabile. Ah, volevo chiederle una cosa io: c'è qualcuno coinvolto nell'indagine che viene dal Veneto?»

«Veneto? No, nessuno, perché?»

«Oh, niente di importante.»

Appena ebbe finito di parlare, il criminale estrasse di tasca un'altra pistola e la diede al giovane, che appariva confuso e spaesato.«Cosa devo fare con questa?»

Fabiani parlò con naturalezza, indicando con un dito la poliziotta, che ora stava trattenendo il respiro. «Devi ucciderla, naturalmente.»

Lui impallidì. «Cosa? No, non posso. Non ce la farei mai.»

Fabiani annuì, allungando la mano. «Va bene, ridammi la pistola, allora.»

Il giovane eseguì. Fabiani sorrise, poi con la prima pistola gli sparò al cuore.

Elvis Pirroni cadde come un sacco vuoto, con un'espressione di sorpresa sul viso. Chiara gridò per l'orrore.

Fabiani si girò verso di lei. «Era un ramo secco; troppo infantile e piagnone, e del tutto inaffidabile.» Rifletté un attimo. «Sai, sei una bella ragazza, e mi dispiace ucciderti, ma non ho alternative. Userò l'altra pistola, e farò in modo che appaia che vi siate sparati a vicenda. E solo perché tu lo sappia, due dei miei ragazzi si stanno occupando di Pietro Miccoli, in questo momento.» Poi con calma le puntò l'arma al petto, e lei chiuse gli occhi pieni di lacrime, rendendosi conto che stava per morire.

Sentì il colpo, e si chiese due cose: perché fosse così forte, dal momento che c'era il silenziatore, e soprattutto perché non sentiva dolore. Aprì gli occhi, e vide il bandito riverso a terra accanto al ragazzo che aveva appena ucciso.

Incapace di comprendere, vide un movimento sulla sinistra, e Michele Giraudo che stava entrando nel cono di luce del lampione, con una Beretta fumante in mano.

Chiara emise un grido liberatorio. «Michele! Dio, mi hai salvato la vita.»

Lui si sforzò di sorridere, ma si vedeva che era anche lui sconvolto da quello che era successo. «Chiara, stai bene?» La sua voce non era ben salda, a dir poco.

Lei si riscosse. «Sto bene, ma ora c'è qualcosa di urgente da fare.»

«Urgente? Ma Chiara, quello stava per ucciderti!»

«Lo so, ma c'è qualcun altro che rischia la vita.» Così dicendo, con mani tramanti prese il cellulare di tasca e compose il numero del suo capo, ma suonò a vuoto. «Michele, hai il tuo cellulare?»

«Sì, certo.»

«Tu resta qui, allora, e chiama i soccorsi; ma occorre anche una pattuglia che vada immediatamente su alla basilica di Superga, dove c'è un poliziotto in grave pericolo. Dai loro anche il mio numero. Io scappo. Ah, mi serve la tua Beretta.»

«Aspetta! Non vuoi neanche sapere come mai sono qui?»

«Me lo dirai dopo. Io devo andare.» Così Chiara prese la pistola dalla mano di Michele, salì nella Panda e partì a tutta velocità. Erano le ventuno esatte.

CAPITOLO 22

Pietro Miccoli arrivò al piazzale della basilica poco dopo le ventuno, rinvigorito dalla camminata invece di sentirsi stanco. L'effetto magico del Grande Torino, pensò.

Andò subito sul retro, nella zona dedicata al monumento alla grande squadra, e sostò in contemplazione; pian piano la commozione e i ricordi lo assalirono, e gli occhi cominciarono a inumidirsi leggermente.

Il Grande Torino. Negli anni precedenti aveva vinto cinque campionati e una coppa Italia. La Nazionale italiana in quegli anni era in pratica la stessa squadra, con un giocatore o due di qualche altra formazione, ma probabilmente solo per non umiliare completamente i giocatori del resto del Paese.

Nel campionato 1947/1948 la squadra ebbe il miglior attacco con centoventicinque reti segnate e la miglior difesa con sole trentatré subite.

In quello successivo il Torino aveva quattro punti di vantaggio sull'Internazionale a quattro giornate dalla fine. Poi, il primo maggio del

1949, partì per il Portogallo, per giocare un'amichevole contro il Benfica.

Al ritorno, avvenuto il quattro di maggio, poco dopo le diciassette il trimotore Fiat G212 che trasportava la squadra e i tecnici si schiantò contro i muri di contenimento del giardino della basilica di Superga, posto sul retro dell'edificio, causando la perdita di trentuno vite, senza alcun superstite. Le cause furono una forte nebbia e un probabile guasto all'altimetro.

Pietro Miccoli non era molto religioso, ma in quel particolare giorno, quasi per un miracolo, lo diventava. Anche stavolta si mise a recitare delle preghiere.

*

Luigi e Mario avevano ansimato non poco nel percorrere il sentiero; siccome era piuttosto buio e non volevano accendere la torcia che il primo di loro portava, per non preavvisare il loro obiettivo, capitò loro più volte di uscire dal percorso tracciato e di andare a sbattere un piede contro qualche sasso. Mario, in particolare, adesso stava zoppicando leggermente.

Quando videro comparire la basilica, illuminata da lampioni poco potenti ma comunque sufficienti per permettere di muoversi senza problemi, si rilassarono e si apprestarono a compiere gli ultimi metri in silenzio; nessuno dei due riusciva comunque a capire cosa volesse fare quel poliziotto in quel posto a quell'ora.

*

I tre membri della famiglia Fortini erano chiusi ancora una volta nella stanza matrimoniale, in attesa degli sviluppi. Fuori c'era Nicola che faceva buona guardia. Alle ventuno e dieci Marta parlò; aveva una voce diversa dal solito, molto più decisa. «Dobbiamo andarcene.»

Il marito la guardò, allibito. «Sei matta? Ci uccideranno, se ci ribelliamo.»

«Ci uccideranno se resteremo qui. I tuoi amici criminali uccideranno la tua bambina di otto anni, lurido bastardo, e tu resti lì come un imbecille ad aspettare che succeda. Magari li ringrazierai anche, mentre premeranno il grilletto.»

Dalla bocca spalancata per lo stupore di Piercarlo Fortini sarebbe potuto passare un treno. Non disse una parola, mentre Marta estraeva dall'armadio, da sotto una pila di maglioni, una mazza da baseball che aveva acquistato in contanti. Un giorno era riuscita ad arraffare un po' di banconote dall'enorme mazzo che il marito aveva messo sul comò, e le erano servite per quell'acquisto; il marito controllava gli scontrini della spesa e la corrispondenza con la ricevuta del bancomat, ma la mazza non era risultata da nessuna parte.

Marta si rivolse a Marianna. «Ti prego, cara, puoi fare una cosa per me?»

Intuendo la gravità del momento, la bambina annuì, spaventata.

«Allora urla, tesoro. Urla con tutto il fiato che hai in gola.»

La bambina non riusciva a sbloccarsi, allora la madre le disse: «Nicola vuole uccidere la tua mamma e poi anche te. Se urli, non succederà.»

Con occhi che le si erano subito riempiti di lacrime, la bambina urlò.

*

Sfortuna volle che, proprio ora che il sentiero era praticamente finito, Mario mettesse in fallo il piede che in precedenza aveva già sbattuto contro un sasso; e il bandito non riuscì a trattenere un grido soffocato.

Nel silenzio assoluto della notte, Miccoli lo sentì. Possibile che ci fosse qualcun altro? Era sempre stato da solo, in quei pellegrinaggi. Si portò verso destra per vedere l'imboccatura del sentiero, e vide due uomini armati ad una settantina di metri di distanza. Anche loro lo videro, e allora lui si mise a correre per riportarsi dietro la basilica.

Che scemo era stato! Aveva visto lui stesso uno dei banditi, insieme a Marta. Era chiaro che stavano cercando di risolvere la situazione dal loro punto di vista. E lui e Chiara erano i problemi da eliminare. Si tastò nelle tasche per capire se aveva qualcosa con cui difendersi: la torcia, il coltellino svizzero, e … cos'era quel piccolo oggetto? Una minuscola chiavetta USB avvolta in nastro da pacchi? Capì subito di cosa si trattava, e decise che, se le cose fossero andate male per lui, quei criminali non dovevano trovargliela addosso. Ma come poteva fare a impedirlo?

*

Chiara guidò come una pazza, cercando di concentrarsi sulla strada e di non pensare a quello che le era appena successo; o meglio, a quello che avrebbe potuto succederle, se non fosse intervenuto Michele; le cose ovviamente adesso sarebbero cambiate, tra loro due, ma non era il momento di pensarci.

148

Pensò che a casa potevano essere preoccupati per lei, e allora chiamò il cellulare di Marina. Aveva il vivavoce, ma stava comunque contravvenendo alle regole del codice stradale; chi se ne frega, c'è Pietro che potrebbe essere già morto, pensò. La voce un po' ansiosa della sorella invase l'abitacolo. «Chiara, va tutto bene? È tardi, i nostri genitori sono un po' preoccupati.»

«Sto bene, ma ci metterò ancora un po'. Dì a mamma e papà di non agitarsi.»

«Hai una voce strana. È successo qualcosa?»

No. Ho visto uccidere un ragazzo davanti ai miei occhi. Poi stavano per uccidere anche me. Ero convinta che sarei morta. Poi il mio ex mi ha salvato, quello che vi sta tanto sulle palle, e che spesso fa impazzire anche me. Ma non è successo niente.

Sospirò. «Sì, è successo qualcosa, ma finora è andato tutto bene. Devo fare in modo che continui così, quindi lasciami fare, vi spiegherò tutto dopo.»

«Ok. Ciao, sorellona.»

*

Allarmato da quell'urlo agghiacciante, Nicola inserì la chiave nella toppa ed aprì, poi entrò con la pistola puntata. Un dolore atroce gli percorse il braccio destro quando qualcosa di pesante gli si abbatté sopra, facendogli cadere l'arma. Alzò gli occhi in tempo per vedere Marta, la donna umile e sottomessa, che con uno sguardo feroce stava per colpirlo di nuovo con una mazza. Tentò di alzare il braccio sinistro per attutire il colpo, ma fu inutile. Fu colpito sul lato sinistro della testa, e piombò in un mondo buio.

*

Luigi e Mario si erano divisi: il primo avrebbe inseguito direttamente il commissario capo sul lato sinistro della basilica, l'altro l'avrebbe aggirata sulla destra. In un modo o nell'altro, sarebbero riusciti a prenderlo in mezzo. Mario era tuttavia molto meno veloce del compagno a causa dell'infortunio al piede, quindi aveva appena iniziato la sua manovra quando, alla luce discreta dei lampioni notturni, vide Miccoli comparire correndo verso di lui, a circa una trentina di metri di distanza.

Mario rimase esilarato: lo scemo lanciava delle occhiate dietro di sé, però non si era nemmeno accorto della sua presenza lì davanti, e gli stava cascando direttamente in bocca. Si preparò a bloccarlo puntandogli contro la pistola; avrebbe potuto sparargli, naturalmente, ma l'ordine era di simulare un incidente, quindi avrebbero fatto in modo che lo trovassero sul sentiero con il collo spezzato.

*

Fissando Nicola steso a terra con gli occhi sbarrati, Piercarlo Fortini tremava, non si capiva se più per la paura o per la rabbia. «Non dovevi colpirlo, disgraziata. Ora Fabiani si incazzerà.»

Marta stava riempiendo un borsone con alcuni vestiti. «Allora resta qui a cercare di calmarlo, quando tornerà. Per quanto mi riguarda non mi troverà di sicuro.»

«Come? Vuoi andartene?»

«Io e Marianna ce ne andiamo, e appena possibile chiamiamo la polizia.»

«La polizia? Sei matta? Andremo in prigione.»

«*Tu* andrai in prigione. Io non ho mai commesso niente di cui vergognarmi. Se non, forse, aspettare così tanto tempo prima di fare qualcosa.»

«Non ti permetterò … » disse lui, avanzando con atteggiamento minaccioso. Ma lei gli puntò contro la pistola del bandito svenuto. «Fai un altro passo e ti ammazzo.»

Lui fece un sorriso sghembo. «Non ci riusciresti mai.»

«La donna che hai sposato non ci riuscirebbe mai. Quella che ha deciso di ribellarsi una volta per tutte non ci penserebbe su un solo attimo. Vuoi rischiare?»

Lui cominciò a piagnucolare. «Ma cosa dovrei fare? Non posso scappare, tutta la mia ricchezza è qui. E quelli mi troveranno anche dopo che tutto sarà finito, perché non ho più il video che mi avrebbe permesso di ricattarli.»

«Affari tuoi. Quello che sarà di te non mi riguarda più.»

*

Miccoli aveva visto benissimo il bandito davanti, ma decise di fingere il contrario per dargli un falso senso di sicurezza e giocare al meglio le poche carte che aveva a sua disposizione. Continuando a correre e guardando dietro di sé si preparò nella mano destra la torcia e nella sinistra il coltellino; era sempre stato bravo nei lanci, ma contro una pistola non c'erano molte possibilità, e non poteva permettersi di sbagliare niente.

Quando stimò di essere arrivato ad una decina di metri dal bandito smise di lanciare occhiate dietro di sé e lo fissò, poi gli lanciò contro la torcia accesa. L'altro alzò istintivamente le braccia per parare il colpo, in modo che ora la pistola non era più puntata contro di lui. Con un movimento fluido il poliziotto passò il coltellino nella mano destra e lo scagliò, ormai da una distanza di circa cinque metri.

La lama colpì l'uomo all'addome, affondando per tre o quattro centimetri; certamente non era sufficiente a fermarlo, ma permise a Miccoli di guadagnare qualche altro metro prima che l'altro avesse modo di puntare ancora l'arma.

La pistola esplose un colpo senza che chi la impugnava avesse avuto il tempo di mirare veramente, e Miccoli sentì una fitta al fianco destro. Subito dopo fu addosso al criminale, e lo colpì con una testata al naso, che lo fece crollare a terra privo di sensi.

Ansimando, Miccoli raccolse la pistola, e tenendola puntata davanti a sé riprese ad avanzare verso l'imboccatura del sentiero. Sulla strada sarebbe stato in svantaggio, essendo adesso anche ferito; ma la sua perfetta conoscenza del sentiero, anche al buio, poteva livellare la situazione.

Luigi aveva fatto il giro sul retro della basilica senza trovare traccia del poliziotto, poi sbucò anch'egli dall'altra parte, in tempo per vedere, ad una certa distanza, Miccoli che si sbarazzava di Mario. Cazzo, le cose non stavano andando come dovevano.

Vide che Miccoli sembrava ferito, ma non sapeva se fosse stato colpito da un colpo di pistola o se si trattasse di una botta. In ogni caso, se era vera la seconda ipotesi, poteva ancora puntare sull'incidente come causa della morte. Quindi non sparò, ma lo seguì giù per il sentiero; a Mario avrebbe pensato in seguito.

*

A Chiara ci vollero poco più di trenta minuti per arrivare a Sassi, dove sapeva che Pietro doveva aver parcheggiato la macchina. Inutile andare su alla basilica seguendo la strada, quella mossa doveva averla già fatta la pattuglia che Michele aveva sicuramente allertato.

No, lei doveva supporre che Pietro potesse essere aggredito lungo il sentiero, e quindi fermò la macchina accanto alla Audi del collega e scese, correndo verso l'imboccatura del famoso numero ventotto.

Dopo quindici minuti di intensa ascesa il suo cellulare squillò, e lei prese la chiamata. «Sì?» Chiese con voce affannata.

«Vicecommissario Paradisi?»

«Sì, chi parla?»

«Brigadiere Soriani, della compagnia carabinieri di Moncalieri. Ci è stato dato il suo numero.»

«Sì, va bene. Dove siete, adesso?»

«Su alla basilica. Abbiamo in custodia un uomo, che abbiamo rinvenuto in stato confusionale. Apparentemente ha preso un colpo in faccia che gli ha rotto il naso, oltre che una ferita non grave al ventre; naturalmente abbiamo chiamato un'ambulanza.»

«Mi può descrivere l'uomo?»

«Sulla trentina, biondiccio e con i baffi. Non ha fornito le proprie generalità, e non ha documenti addosso.»

«Era armato?»

«No.»

Chiara sorrise. Era un bandito, e non c'erano dubbi che fosse partito armato. Poteva solo volere dire che Pietro l'aveva steso e gli aveva preso la pistola. «Stia attento, brigadiere, si tratta comunque di un individuo pericoloso.»

«Adesso non è in condizioni di nuocere.»

«Quanti siete lassù?»

«Ci siamo io e il carabiniere Battan. E naturalmente stiamo aspettando l'ambulanza.»

«Avete dato un'occhiata sul retro della basilica? Dove c'è il monumento al Grande Torino?»

«Battan ha appena finito il giro; non c'è nessun altro qui.»

Chiara rifletté un attimo, sempre continuando l'ascesa. Se i carabinieri erano venuti su in macchina, e non avevano evidentemente incrociato nessuno, era ovvio che Pietro era ridisceso per il sentiero. Ma perché, se ormai era riuscito a sopraffare e a disarmare il bandito inviato ad ucciderlo? Non avrebbe fatto meglio ad aspettare lì, cercando di avvisare qualcuno nelle vicinanze in modo che venissero chiamati i soccorsi?

Poi capì: non c'era un solo killer, ma almeno due, e l'altro lo stava inseguendo giù per il numero ventotto. Pietro e l'assassino le stavano venendo incontro. Ringraziò, chiuse la comunicazione e affrettò il passo. Erano le ventuno e cinquanta.

CAPITOLO 23

La pallottola che aveva colpito Pietro Miccoli non aveva leso organi vitali, ma la perdita di sangue era continua, anche se lenta, e lui si sentiva ogni minuto più debole. L'assassino lo stava incalzando a poche decine di metri di distanza, e il vantaggio che gli derivava dalla conoscenza del terreno veniva sempre più eroso dallo svantaggio dato dal suo stato fisico. L'altro uomo aveva già sparato un paio di volte contro di lui, per fortuna senza colpirlo a causa del buio, ma era solo questione di tempo.

Basta, se avesse aspettato ancora avrebbe dovuto affrontare l'avversario in condizioni di netta inferiorità; doveva reagire subito.

Giunto ad un grosso albero si fermò e si acquattò dietro di esso, continuando tuttavia a calpestare il terreno da fermo per far credere al bandito che stesse ancora scappando. Puntò l'arma, e quando l'altro apparve a una ventina di metri di distanza, un'ombra nel buio appena illuminata da una debole luna, Miccoli sparò un colpo.

Luigi fu colpito alla spalla sinistra, e cadde a terra. Annaspando, tastò il terreno nel tentativo di recuperare l'arma che gli era sfuggita di mano, e che ora era a qualche metro di distanza.

Miccoli uscì allo scoperto e camminò pian piano verso di lui, con la pistola puntata, non sapendo bene cosa lo tenesse ancora in piedi. La luna apparve

154

luminosa, sbucando da dietro una cortina di nuvole, e i due uomini si guardarono negli occhi a pochi metri di distanza. Il bandito rise. «Ma guardati, poliziotto. Stai per afflosciarti a terra come un sacco vuoto, e allora io recupererò la mia pistola e ti farò fuori.»

Miccoli sorrise, e disse con un filo di voce: «Non mi lasci scelta, allora.» Puntò l'arma verso il petto del bandito, che spalancò gli occhi.

«No, non puoi! Sei un poliziotto.» Due colpi nel cuore resero quelle le sue ultime parole.

Miccoli scivolò a terra senza forze, e purtroppo batté anche la testa contro un sasso. Prima di svenire ebbe comunque un ultimo pensiero: "Poliziotto, non scemo".

*

Chiara Paradisi arrivò sul posto alcuni minuti dopo. Ebbe un tuffo al cuore quando vide i due corpi a terra. Si inginocchiò accanto a Pietro e gli mise un dito sul polso, constatando che era percettibile, anche se molto debole. Aveva una ferita al fianco e un bozzo in testa.

Chiamò soccorso medico, poi verificò che il criminale steso a terra era ormai cadavere. Gli tolse il maglioncino e la cintura, e usò il primo per creare un tampone per la ferita al fianco di Pietro, e la seconda per tenerlo in posizione.

Il poliziotto rantolò; sembrava che volesse dirle qualcosa. Si chinò su di lui. «Tranquillo, Pietro, è tutto finito e te la caverai.»

«M … menti.»

«No, cosa dici? È la verità. Sei al sicuro adesso.»

Lui scosse debolmente la testa, frustrato. «N .. no. Menti.» Poi svenne definitivamente.

*

Ci volle mezz'ora prima che dei portantini arrivassero su da Sassi, e quasi altrettanto perché riuscissero a riportarlo giù. Durante la discesa, Chiara chiamò Elisa, informandola di quanto era accaduto. La moglie di Miccoli si dimostrò una donna forte, degna di tanto marito, e invece di dare in escandescenze si limitò a informarsi puntualmente su dove avrebbe potuto far visita al marito. I portantini le dissero che sarebbe stato portato al San

Giovanni Bosco.

Qualche minuto dopo ricevette un'altra chiamata, da un numero che non conosceva. «Pronto?»

«Vicecommissario Paradisi? Sono Marta Michelini. Spero di non averla svegliata, a quest'ora.»

«Signora Michelini. No, non si preoccupi. È successo qualcosa?»

«Ecco, sì, a dire il vero. A casa di Piercarlo c'è un criminale svenuto, o forse peggio, non so. Fa parte di una banda che lavorava con mio marito.»

«Come è svenuto?»

«L'ho colpito con una mazza da baseball; spero di non passare dei guai per questo motivo.»

«Non si preoccupi di questo. Dio, le cose sono precipitate stasera.»

La voce della donna divenne apprensiva. «Perché, è successo qualcos'altro?»

«Hanno tentato di uccidere me e il commissario capo Miccoli, ma gli è andata male.»

«Mio Dio. Che stupida sono stata. Non capivo dove fossero andati quegli altri, ma non ho pensato che volessero fare del male a voi.»

«Erano lì da lei? Quanti ce n'erano?»

«Quattro. Nicola è quello in casa di Piercarlo, poi c'è uno con una cicatrice, un certo Fabiani, e Mario e Luigi.»

«Allora va bene. Se non ce ne sono altri, quelli sono fuori gioco.»

«C'è un'altra cosa che devo dirle. Fabiani ha cancellato delle prove dal computer di Piercarlo, ma io ero riuscita a fare una copia.»

«Sì, lo so. Su una piccola chiavetta USB. Ce l'ha ancora?»

«Oggi ero riuscita a consegnarla al suo collega, ma temo che lui non se ne sia accorto; gliel'ho messa in tasca.»

«Allora controllerò subito. Lei e Marianna siete al sicuro, adesso?»

«Sì. Adesso sono a casa di Rossana.»

«Lì dovrebbe essere al sicuro. Suo marito è ancora in casa sua, a Borgo Crimea?»

«Non so dove sia andato quel bastardo, e non me ne frega niente. Mi scusi se mi esprimo così.»

«Oh. Capisco. Sa, lei non sembra più la donna insicura con cui abbiamo parlato qualche giorno fa.»

«Non lo ero neanche allora, ma dovevo fingere di esserlo. Avrò molte cose da spiegare alle autorità.»

«Tutto a suo tempo. Ora la lascio, dovrò cercare quella chiavetta.»

*

Ma la perquisizione di Chiara Paradisi fu del tutto inutile: nelle tasche di Pietro Miccoli non c'era traccia di nessuna chiavetta USB.

CAPITOLO 24

Domenica 5 maggio 2019, ore 8.05; quartiere Cenisia, Torino.

Chiara non sapeva che il procuratore aggiunto Merlin abitasse nel suo stesso quartiere, in una palazzina di medio livello e per niente pretenziosa. Nonostante fosse domenica, appena saputo degli avvenimenti della notte di sabato il magistrato aveva voluto proseguire le indagini, battendo il ferro finché era caldo, come si suol dire.

Aveva quindi convocato nel suo appartamento il vicequestore Silvio Carpi, un emiliano con capelli sale e pepe, che era il funzionario della mobile incaricato delle indagini sui fatti accaduti. Apparteneva alla sezione criminalità organizzata. Oltre a lui e a Merlin c'erano Chiara Paradisi, Michele Giraudo e Marta Michelini.

«Allora, sembra che stanotte sia scoppiata una guerra, qui a Torino. Tre morti, e altra gente all'ospedale. Mamma mia, che roba.»

Chiara era riuscita ad andare a letto solo alle tre di notte, ed era ancora piuttosto intontita. «A proposito di quelli che sono in ospedale, qualcuno sa dirmi delle loro condizioni?»

Fu Carpi a intervenire. «Il commissario capo Miccoli è quasi certamente fuori pericolo, però potrebbe volerci un po' di tempo per sentire la sua versione dei fatti, soprattutto per quanto riguarda quella famosa chiavetta USB. Purtroppo è molto indebolito dalla perdita di sangue, e dal momento che ha anche un ematoma in testa lo tengono sedato farmacologicamente. Tra un paio di giorni potrà forse dirci qualcosa, o forse si dovrà aspettare di più. Per quanto riguarda i due delinquenti, si tratta di meridionali legati agli ambienti della criminalità organizzata. Quello beccato su alla basilica potrebbe già essere dimesso dall'ospedale, ma finirà dentro con l'accusa di tentato omicidio, soprattutto con la testimonianza di Miccoli. Quello a cui la qui presente signora Michelini ha dato una mazzata in testa è anche lui in sedazione indotta. Il suo ematoma è molto più serio, e potrebbe anche non farcela.»

Marta rabbrividì e impallidì. «Mio Dio.»

«Non si preoccupi signora,» disse Carpi. «Abbiamo già appurato che aveva una pistola in mano, quindi non può che trattarsi di legittima difesa.»

«Bene, allora,» riprese Merlin. «Ho bisogno di ricostruire i fatti come si sono verificati. Da alcune cose che mi avete detto a spizzichi e bocconi mi sono fatto già una certa idea. Allora, vorrei iniziare.»

I presenti annuirono, e Merlin iniziò. «C'erano questi uomini, quattro per la precisione, a casa di Piercarlo Fortini. Sono arrivati con il pretesto di voler proteggere la famiglia da attenzioni indesiderate delle forze dell'ordine a causa dei pestaggi della moglie, la qui presente signora Marta, ma in realtà erano venuti per cercare di capire se era il caso di continuare a mantenere Fortini sul proprio libro paga, o se fosse meglio liquidarlo.

«Fortini, all'insaputa di tutti, aveva installato un sistema per registrare chiunque si muovesse o parlasse nel raggio di alcuni sensori. La signora Marta aveva avuto la possibilità di salvare uno dei file, in cui comparirebbe un personaggio di nome Virgilio. Purtroppo non si ritrova più il supporto di memoria, e il contenuto del computer è stato cancellato da quel tale Fabiani, il cui vero nome non siamo ancora riusciti a determinare. Abbiamo mandato anche una squadra già ieri sera a casa di Miccoli, per capire se potesse aver lasciato la chiavetta da qualche parte lì in casa, ma senza risultato. Manderemo qualche agente a cercare anche sul sentiero ventotto e nel piazzale della basilica, nell'ipotesi che lo scontro con i banditi possa aver determinato la perdita del supporto. Certo, è un oggetto molto piccolo, mi par di capire, quindi non è che ci siano queste grandi speranze di ritrovarlo.

«Questo Fabiani aveva già mandato due dei suoi a fare la posta a Miccoli. Poi pare che ad un certo punto, ieri sera, sia arrivata una chiamata da qualcuno che abbia avvisato Fabiani di qualcosa, anche se questa persona probabilmente voleva parlare con Fortini. In conseguenza di tale chiamata, Fabiani si è attivato per eliminare in un colpo solo Pirroni e il vicecommissario Paradisi. L'azione si è svolta in una zona agricola nel comune di Castagnole Piemonte. Il vicecommissario Paradisi si era recata colà per capire il motivo dell'acquisto da parte di Pirroni di un terreno; l'ispezione, per la verità non autorizzata, ha portato alla scoperta di un disco fisso esterno contenente dati che saranno sottoposti al vaglio della squadra antiriciclaggio, ma che ad una prima occhiata sono sembrati più che altro operazioni di basso livello. Potremmo incastrare molti pesci piccoli, ma niente di più. Nel recupero del disco Paradisi comunque ha rischiato la vita, ma per fortuna è intervenuto il vicecommissario Giraudo. A proposito, vicecommissario, come ha fatto a trovarsi al posto giusto al momento giusto?»

Giraudo si mosse un po' a disagio. «Beh, Chiara era la mia ragazza, ma avevamo avuto delle … divergenze. Ma io le voglio ancora bene, e quando ieri sera l'ho vista partire da casa sua, l'ho seguita. Temevo che volesse incontrarsi con qualcuno. Sì, so che non è proprio un comportamento ineccepibile, ma … »

«Ma per fortuna che l'ha fatto. D'accordo, ho gli elementi che mi permettono di imbastire il fascicolo. Da domani si comincerà a lavorare sul serio, e speriamo che nel frattempo salti fuori quella chiavetta. Per quanto riguarda suo marito, signora Michelini, non ci sa dire se la sua testimonianza potrebbe esserci utile?»

«Mio marito non si presenterà a testimoniare, signor procuratore. È troppo vigliacco per farlo.»

«Eppure così potrebbe ottenere un notevole sconto di pena. Diversamente dovrà rispondere di reati piuttosto pesanti, quando saremo riusciti ad averlo in custodia.»

«Da quando me ne sono andata da quella casa non l'ho più visto né sentito. Non è più casa mia, aggiungo. Non l'ho mai sentita come tale.»

«L'abitazione risulta comunque intestata a lei, per cui non mi dispiacerebbe avere il suo consenso ad una perquisizione accurata, anche se a rigor di legge non sarebbe strettamente necessario; non si sa mai che non si trovi qualcosa di utile.»

«Tutto quello che vuole. Sono già passata a portare via poche cose, mie e di mia figlia. Ci siamo trasferite da un'amica.»

«Sì, mi è stato detto. Va bene, signore e signori, per oggi non c'è altro. Potete andare.»

*

Usciti dall'appartamento del magistrato, Michele avrebbe voluto andare insieme a Chiara, ma lei gli disse: «Senti, incontriamoci domani. Oggi ho bisogno di stare in famiglia. Sono stanchissima e ancora sotto shock.»

«Ma certo, mi chiami tu?»

«Contaci.»

Poi corse dietro a Marta. «Signora Michelini, aspetti. Posso parlarle un attimo?»

La donna si girò e annuì, e si sedettero su una panchina esterna. «Devo ringraziarla, Chiara. Sapere che c'è qualcuno là fuori che vuole aiutarti è qualcosa che ti fa sentire meno sola. E immagino di dovere a lei e al suo collega anche delle spiegazioni per tutte le menzogne che ho raccontato. Ma avevo paura per mia figlia, oltre che per me.»

Chiara sorrise. «Non deve giustificarsi. Invece volevo sapere … a parte il mio aiuto, lei adesso si sente veramente meno sola? Non so se capisce cosa voglio dire.»

Marta sorrise. «Certo che capisco. E non mi imbarazza nemmeno più parlarne. Vede, ho sempre considerato Rossana una buona amica, ma ho subito capito che io per lei ero qualcosa di più. E non sapevo come gestire la situazione, né come l'avrei gestita se un giorno fossi stata libera dalla schiavitù di Piercarlo.»

«Cosa immaginava che sarebbe successo?»

«Che avrei dovuto dirle qualcosa del tipo "restiamo amiche". Che forse le avrei concesso qualcosa dal punto di vista fisico. Non so, tutto questo per me sarebbe stato qualcosa a cui avrei pensato dopo aver avuto la libertà da Piercarlo. Rossana mi ha già chiesto di tornare a lavorare nella profumeria, e le ho già detto di sì. Ma di sicuro pensavo che per me sarebbe stato impossibile diventare la sua donna.»

«E quindi?»

«Stamattina mi sono svegliata nella stanza degli ospiti. C'era anche una comoda brandina in cui ha dormito Marianna, che proprio ieri sera mi ha detto, prima di addormentarsi, che un papà e una mamma non hanno funzionato, forse con due mamme sarebbe andata meglio. E quando ho aperto gli occhi al nuovo giorno mi sono sentita sicura. Mi sono sentita a casa, capisce? Una casa molto meno grande e lussuosa, ma una *vera* casa.

«Poi Rossana è entrata a portarmi il caffè, e nei suoi occhi ho visto … » Marta di interruppe un momento, sopraffatta dall'emozione. «Ho visto tanto di quell'amore che … mi sono sentita piena di felicità. È la prima volta in vita mia che provo questa sensazione, e ora non voglio più farne a meno. E così ho capito che non avevo bisogno di sforzarmi per diventare la sua donna. *Sono già* la sua donna. Adesso non ho più paura di dirlo ai quattro venti. Io e Rossana Baldi ci amiamo, e non riesco a vederci niente di sporco, in questo.»

Chiara sorrise. «Proprio come deve essere.»

La poliziotta salutò Marta stringendole la mano, poi scuotendo il braccio fece lo stesso da lontano con Rossana, che era venuta a prenderla con la sua macchina.

Infine, prima di alzarsi dalla panchina per andare a casa a piedi, la poliziotta vide che un giornale sportivo del giorno prima, con l'inconfondibile carta di colore rosato, era stato lasciato sì da qualcuno. Il titolo era "Grande Torino, una leggenda lunga settant'anni".

Ricordando che quella era la grande passione di Pietro, lo raccolse e andò a casa; sarebbe andata a trovare il collega il pomeriggio del lunedì, anche se dubitava di avere la possibilità di comunicare con lui.

*

In casa Paradisi l'adrenalina era alta già da parecchie ore, quella domenica. Si erano visti arrivare a casa la figlia in tarda notte, o forse era meglio dire in mattinata. Era andata a letto sfinita, e si era rialzata alle sette perché il procuratore Merlin l'aveva convocata in casa sua. Non sapevano bene cosa fosse successo, se non il fatto che Pietro Miccoli era rimasto ferito, anche se non era in pericolo di vita.

Chiara non aveva detto loro ancora niente di quello che aveva rischiato lei, ma ora non poteva più esimersi dal farlo; altrimenti il rapporto di fiducia che aveva con le persone a cui voleva bene si sarebbe deteriorato per sempre.

Dopo essere rientrata in casa e aver depositato il giornale sportivo sul divano, disse che doveva parlare a tutti. La serietà nella sua voce fece sì che nessuno dicesse niente, e i quattro componenti la famiglia andarono a sedersi in salotto.

Chiara raccolse un po' le idee, poi disse: «Stanotte ho creduto di morire.»

La guardarono senza capire bene. Si sentì in dovere di spiegarsi meglio. «Non sto dicendo che ho avuto genericamente paura, o che ho vissuto dei momenti pericolosi. Sto dicendo che è successo un fatto ben preciso, e cioè che un assassino professionista, subito dopo aver ucciso un ragazzo sotto i miei occhi, ha puntato la pistola verso di me. Per uccidere anche me. Ho chiuso gli occhi, convinta al cento per cento che fosse arrivata la mia ora, e che non vi avrei più rivisti.»

Ora l'orrore sui visi dei suoi famigliari era visibile al massimo grado. Dopo un lungo momento di silenzio, Saverio fu il primo a riprendersi, e date le circostanze la sua domanda fu quanto di più razionale ci si potesse aspettare in quel momento. «Che cosa ti ha impedito di morire allora, Chiara?»

«È stato Michele, papà. Mi aveva seguita, e quando quel bandito mi ha puntato addosso la sua arma, lui ha sparato.»

L'uomo annuì. «Immagino che questo cambierà di nuovo le cose tra di voi.»

«Beh, sì. Mi pare di dovergli almeno concedere un'altra possibilità. Voglio dire, non sarei qui senza il suo intervento. Avreste perso vostra figlia per sempre. Non so, ma non credete che si meriti qualcosa?»

«Sì, è giusto che possa riprovarci, con te. Ma ricordati che il fatto di averti salvato la vita non significa che tu adesso gli appartieni. In realtà, se voi due siete incompatibili, cosa di cui io sono convinto già da tempo, dovreste semplicemente rimanere amici.»

«Non so, papà. Lo vedrò domani, e proveremo a capire come stanno veramente le cose. Ti posso solo promettere che cercherò di non lasciarmi influenzare dalla riconoscenza che provo per lui.»

«Non ti chiedo altro. E adesso vieni qui ad abbracciarci tutti.»

*

L'abbraccio di Saverio fu equilibrato. Quello di Grazia disperato. Quello di Marina incazzato. Sorpresa, Chiara guardò in faccia la sorella, che scoppiò a piangere, e le gridò in faccia. «Non fare più una stronzata del genere, capito?»

163

Ma poi l'abbracciò fortissimo, e non volle più lasciarla andare per parecchi minuti.

*

Anche Chiara era troppo eccitata e troppo stanca per mettersi a studiare, quindi tornò in salotto e si mise a sfogliare pigramente il giornale sportivo che aveva raccattato. Ad un certo punto lesse il resoconto, tratto dai giornali dell'epoca, dell'ultima partita di quella squadra formidabile che fu il Torino dell'immediato dopoguerra.

In Portogallo, un'amichevole contro il Benfica, che i granata persero per quattro a tre. Peccato, avessero lasciato con una vittoria sarebbe stato meglio. Chiara scorse la pagina, con le varie azioni e le marcature. Perdevano quattro a due, a pochi minuti dalla fine, poi però fu fischiato a favore degli italiani un rigore, che fu trasformato da … «Mio Dio!» Proruppe la giovane donna, alzandosi di scatto.

Saverio, che stava lavorando al computer, alzò la testa interrogativamente.

«Devo andare!» Disse Chiara.

Saverio impallidì. «Dove?»

Chiara roteò gli occhi. «Tranquillo, papà, non mi sto cacciando in un nuovo guaio. Devo solo recuperare una cosa.»

«E dove sarebbe questa cosa?» Una vena d'ansia era rimasta nella voce dell'uomo.

«Sulla collina di Superga. Per la precisione, dove c'è il monumento al Grande Torino.»

«Sono quasi le dodici. Non vuoi mangiare prima?»

«Va bene. Poi però vorrei proprio andarci.»

«Perfetto. Ti accompagno.»

«Ma papà, tu sei juventino!»

«Non discutere. È una bella giornata, sarà una gita di piacere.»

«D'accordo, allora.»

*

Un paio di ore dopo padre e figlia si trovavano davanti alla lapide commemorativa, ma lì non c'era quello che Chiara cercava. Allora si spostò in un'altra zona del muretto che sorreggeva il giardino sul retro della basilica, dove due cordicelle, tese in senso orizzontale parallelamente tra loro, sostenevano dei ritratti di forma quadrata dei giocatori.

Chiara si diresse verso uno di essi, spiegando nel contempo al padre: «Prima di svenire ho detto a Pietro che se la sarebbe cavata, e lui mi ha risposto "Menti". Credevo che mi stesse dando della bugiarda, come se volessi consolarlo mentre stava per morire. E invece si riferiva al posto dove doveva aver nascosto una chiavetta USB, che forse si era accorto da poco di avere in tasca.»

Il padre trasalì. «Romeo Menti.»

«Già. Il giocatore che ha segnato l'ultimo gol di questa mitica squadra.» Chiara mise una mano dietro il ritratto di un uomo dai capelli scuri e dai lineamenti decisi e tastò; quasi subito rinvenne, tra due fessure nei sassi, quello che stava cercando. Era minuscola e non faceva sicuramente una gran figura, avvolta com'era in nastro da pacchi marrone, ma doveva essere molto preziosa.

Prese subito il cellulare e compose un numero. «Dottor Merlin? Ho trovato la chiavetta. Come dice? No, mi spiace. Gliela porto senz'altro subito, ma poi non resterò a casa sua a esaminarla. Oggi resto con la mia famiglia.»

*

Intorno alla mezzanotte di quella domenica, alla stazione della metropolitana di Porta Susa, due uomini vestiti di nero e con il passamontagna furono visti dalle telecamere a circuito chiuso scaricare alcuni sacchi neri, del tipo usato per le immondizie, nella zona delle partenze.

Temendo una o più bombe, arrivarono gli artificieri e le unità cinofile. Risultò che i sacchi contenevano vari pezzi di un cadavere, che in seguito fu riconosciuto come appartenente a Piercarlo Fortini.

Il capo dell'organizzazione criminale si stava tutelando. Certo, avrebbe dovuto trovare un altro contabile per le operazioni di riciclaggio, e aveva perso un valido collaboratore come il sedicente Fabiani. In più, la sua rete aveva dei vuoti, adesso, che con pazienza avrebbe dovuto colmare. Ma nessuno avrebbe preso lui, l'uomo soprannominato Virgilio. Anzi, con il tempo si sarebbe preso la sua rivincita.

Non aveva idea del fatto che era stato ritrovato un video che lo inchiodava definitivamente, e che la morte di Piercarlo Fortini a quel punto non avrebbe cambiato di una virgola il suo destino.

SANGUE SUL COLLE DI SUPERGA

CAPITOLO 25

Lunedì 6 maggio 2019, ore 8.05; questura centrale, Torino.

A Chiara dispiaceva molto lasciare sia il commissariato di Borgo Po che Pietro Miccoli, ma si era sentita al telefono con sua moglie, che le aveva detto che Pietro stesso non avrebbe voluto che lei sacrificasse i suoi legittimi obiettivi professionali per degli stupidi sentimentalismi. E così accettò di cambiare, e di terminare il tirocinio nella squadra mobile sotto la supervisione del vicequestore Carpi.

E adesso stava per entrare nell'ufficio del suo nuovo capo. Bussò, e le fu detto di entrare.

*

Carpi le sorrise. «Si sieda, vicecommissario. Novità per quanto riguarda il commissario capo Miccoli?»

«Sono appena stata in comunicazione con la moglie. Non è ancora sveglio, ma da come reagisce escludono qualsiasi danno neurologico.»

168

«Benissimo. Immagino che, se lei non avesse avuto quella intuizione su Romeo Menti, avremmo comunque potuto ottenere il possesso della chiavetta entro non molto.»

«Sicuramente. Le posso comunque chiedere se lei l'ha visionata, dottor Carpi?»

«Certo, insieme al procuratore Merlin. Ed è una bomba. Pensi che c'è il capo dell'organizzazione che confessa un omicidio, lì sul divano di Piercarlo Fortini. A proposito, ha sentito la notizia?»

«Della sua morte? Sì, e non posso dire di provarne dispiacere. Era un individuo orribile; ma comunque penso si possa dire che è una morte inutile, a questo punto.»

«Dato il ritrovamento della chiavetta, sì. Le responsabilità penali di quell'individuo sono innegabili, per come risultano dal video. Per intimorire Fortini gli ha descritto la morte, avvenuta due anni fa, di un delinquente di mezza tacca che avrebbe cercato di fregarlo. E nel farlo, ha citato particolari che gli inquirenti all'epoca non rivelarono nemmeno.»

«Quindi quello è di sicuro l'assassino.»

«Certo. Si fa chiamare Virgilio, ma sa chi è in realtà? È l'avvocato Minelli, uno dei più in vista della città. Stiamo per andare a mettergli le manette. Vuole essere della partita?»

«E me lo chiede? Quando si comincia?»

«A minuti dovrebbe arrivare il mandato da parte di Merlin. Ma si metta comoda, mentre aspettiamo possiamo parlare anche del suo futuro nelle forze dell'ordine. Gradisce un caffè?»

Quando un vicequestore offre un caffè nel suo ufficio ad un vicecommissario, è probabilmente il segnale che le cose stanno andando per il verso giusto, e Chiara assaporò in pieno quella sensazione. «Macchiato caldo, grazie,» disse sorridendo.

*

Le foto dell'arresto di Franco Minelli, avvocato dei VIP, fecero il giro del Paese. Tuttavia Chiara fece di tutto per non apparirvi; la si vedeva, in realtà, solo di sfuggita in alcune di esse. Non tutti capirono questa sua ritrosia.

*

Dopo cena Chiara e Michele uscirono insieme, e decisero di andare al cinema. Poi passeggiarono chiacchierando, e infine entrarono in un bar vicino all'indirizzo di lei.

*

«Insomma, Chiara, me lo spieghi perché non hai voluto che ti dessero il giusto merito per la cattura di Minelli? Sei a malapena visibile in alcune delle foto, e in altre non ti si vede proprio.»

«E chi ti dice che non mi hanno riconosciuto il merito? Carpi mi ha elogiato, e stamattina mi ha perfino offerto il caffè.»

«Il caffè? Ma ti senti? Potevi essere sulle prime pagine dei giornali nazionali, e non hai voluto nemmeno partecipare alla conferenza stampa.»

«Ero presente, invece.»

«C'eri, sì, ma buona buona in un cantuccio, mentre Carpi e Merlin si pavoneggiavano per il lavoro che hai fatto tu. Ti hanno nominata solo una volta, quasi di sfuggita.»

«E pensa che io avevo chiesto loro che non facessero neanche quel riferimento lì. Michele, non sono venuta in polizia per finire sui giornali. Ci sono venuta perché posso avere tante soddisfazioni. Marta e Marianna sono felici con Rossana, adesso, tanto per fare un esempio.»

«Beh, ma anche i meriti andrebbero riconosciuti.»

«A me basta che me li riconoscano le persone che ritengo importanti. I miei capi, e anche i miei famigliari. E anche tu. E anch'io ti riconosco un grande merito, naturalmente.»

«Stiamo insieme, stanotte?» Le chiese lui di punto in bianco.

Lei sobbalzò. «Non so, Michele. Sai, sono una ragazza un po' tradizionalista, su certe cose.»

«Tradizionalista? Ma se eri così contenta di quelle due lesbiche che si sono messe insieme.»

«Ti prego, non essere volgare. E poi voglio essere sicura.»

«Non lo sei ancora?»

«Senti, Michele. Io per te provo una grande riconoscenza per quello che hai fatto. Ed è proprio per questo che devo pensarci bene. Capisci? Non sono serena nel mio giudizio. L'affetto che sento, che cos'è in realtà? È vero amore, o semplicemente vedo in te il mio salvatore?»

Un po' contrariato, lui guardò l'orologio. «Sarà meglio che rientri, è tardi.»

Chiara sospirò. In quei momenti dubitava che fosse veramente l'uomo giusto, ma aveva deciso che meritava una chance, e gliel'avrebbe data; almeno per qualche settimana ancora.

*

Due giorni dopo Pietro Miccoli si era ripreso, nonostante la testa fosse fasciata e soffrisse di cefalee abbastanza forti. Adesso si godeva il suo nuovo status di eroe, sia delle forze dell'ordine che dei tifosi granata; la storia dei suoi pellegrinaggi annuali era saltata fuori durante la conferenza stampa, benché lui non fosse stato presente, e di conseguenza era diventato socio onorario a vita di tutte le associazioni sportive legate al Torino.

Chiara temeva che, nonostante quanto avesse detto Elisa, Pietro ci sarebbe rimasto male per il fatto che lei ora si era spostata verso altri lidi, al centro dell'azione. E invece non fu così. Nel suo letto d'ospedale, che peraltro avrebbe abbandonato il giorno dopo, lui l'abbracciò con affetto.

*

Passò un altro mese e mezzo di tira e molla tra Chiara e Michele. I famigliari della giovane donna continuavano a dirle di accettare la realtà: lei e Michele non erano fatti l'uno per l'altra. Non c'era niente di male in questo, ma era la realtà e bisognava accettarla, e non continuare a posticipare il momento della verità.

CAPITOLO 26

Verso la fine del mese di giugno 2019, vicino alla questura centrale, Torino.

Chiara era decisa ad affrontare Michele una volta per tutte, e a dirgli quello che in realtà aveva sempre saputo anche lei: erano semplicemente incompatibili.

Dopo essere stata ad interrogare un testimone di un caso di malversazione, stava rientrando in ufficio, ma decise di fare un attimo sosta in un bar nelle vicinanze. Non era incline al bere, anzi poteva dire di essere astemia, ma forse uno sherry le avrebbe dato il coraggio che non era sicura di avere, e che le serviva per affrontare un tipo come Michele, immaturo e sicuramente non molto disposto ad essere scaricato dalla persona che gli doveva la vita.

*

«Come va, vicecommissario?»

Appoggiata con il gomito al bancone del bar, con il bicchierino ancora pieno davanti, Chiara si girò nel sentirsi chiamare da una voce che non riconosceva.

In piedi vicino a lei c'era un uomo più o meno della sua età, non molto alto ma robusto e con il pizzetto. L'aveva già visto, ma sul momento non sapeva dire dove.

La sua perplessità dovette trasparire con evidenza, perché l'altro si sentì in dovere di presentarsi. «Lucio Meneghello, in servizio presso la questura. Quello a cui lei ha fatto un bello scherzo, un giorno.»

«Ah, sì. Lei è amico di Michele, adesso ricordo. Senta, in quell'occasione sono forse stata un po' brusca con lei; diciamo che in generale attraversavo un momento di nervosismo, e lei ne ha un po' fatto le spese.»

«Mi sta forse dicendo che le dispiace?» Chiese l'uomo, sorridendo.

«Magari un po' sì. Ma non lo ammetterei mai di fronte a testimoni.»

Meneghello scoppiò a ridere. «Che tipa tosta che è lei. Michele si chiederà più volte, negli anni a venire, se ha fatto la scelta giusta.»

Chiara annuì. Non ritenne il caso di dire ad un estraneo che considerava la sua relazione sentimentale come qualcosa di quasi definitivamente spiaggiato. Ma c'era qualcosa nelle parole di quell'uomo che le aveva fatto drizzare le orecchie … no, non nelle parole, bensì nell'accento. «Lei è veneto, Meneghello?»

«Sissignora. Pura zona del prosecco.»

Sentì un leggero sapore amaro in bocca. «Per favore, mi dica che lei non ha fatto una telefonata a qualcuno, un mese e mezzo fa, per dirgli che la polizia lo stava cercando.»

L'uomo sbiancò, e Chiara più di lui. «Io … non sapevo cosa avesse in mente, credevo che fosse tutto uno scherzo.»

«Venga, andiamo a sederci a quel tavolo.»

*

«Che macchina possiede lei, agente Meneghello?»

«Una Opel Astra bianca, perché?»

«Una Opel Astra bianca con un'ammaccatura sul davanti, di forma ovale. Lei l'ha prestata a Michele, una sera, e lui mi ha seguito.»

Meneghello annuì. «Mi dispiace. Michele è un amico, non credevo di fare male.»

«Un paio di giorni dopo lei ha fatto una telefonata ad un certo Piercarlo Fortini, per dirgli che la polizia era sulle sue tracce. È stato Michele a chiederle di farlo. Magari le ha anche scritto un biglietto dettagliato con tutto quello che avrebbe dovuto dire.»

«Pensavo ad uno scherzo. Ho detto a Michele di farla lui, la telefonata, ma lui mi ha detto che quel Fortini lo conosceva; avrebbe riconosciuto la sua voce, quindi lo scherzo non avrebbe funzionato.»

«E lei sa cosa è successo in seguito? Sono morte delle persone.»

L'agente spalancò gli occhi. «Vuole dire … ? Mio Dio!»

«Le cose si erano già messe in moto, ma quella chiamata deve aver dato loro un'accelerata. Non la biasimo per questo, agente. Ma di sicuro il giorno dopo avrebbe potuto dire quale era stato il suo ruolo nella faccenda.»

«Ma era finita bene. Michele è diventato un eroe … »

Chiara si alzò. «Michele è tutto fuorché un eroe. La ringrazio, agente: ora non ho più dubbi su quello che devo fare.»

*

Mezz'ora dopo Chiara bussava alla porta dell'ufficio di Ludwig Maier. «Avanti!» Disse l'altoatesino.

«Dottor Maier, buongiorno,» disse lei entrando; con la coda dell'occhio aveva visto Michele Giraudo seduto alla scrivania in fondo, ma evitò di guardarlo. «Se non le è di troppo disturbo, avrei bisogno di parlare con Michele.»

«Paradisi, buongiorno a lei. Ma certo, nessun problema, stavo giusto per uscire.»

«Non si disturbi, porto fuori io Michele.»

«Ma no, dovevo proprio andare al piano di sopra a conferire con un collega. Si tratta solo di anticipare di qualche minuto. Prego, si metta pure al mio posto.»

La donna era quasi imbarazzata dalla gentilezza con cui in molti la trattavano, dopo il successo dell'indagine a cui aveva preso parte agli inizi di maggio. Tuttavia accondiscese con un sorriso. «Grazie, allora.»

Quando però il commissario capo si fu chiuso dietro la porta, il sorriso di Chiara svanì, e Giraudo percepì subito che qualcosa non andava. «Chiara, cosa succede? Mi spaventi, con quel cipiglio.»

«Ho parlato con Meneghello.»

«Oh. Beh, sarebbe saltato fuori, prima o poi.»

«Non hai altro da dire? Prima mi hai seguita con la sua macchina, per vedere dove andavo. Poi, quando mi hai vista due sere dopo andare nella stessa direzione, hai avvisato Fortini. E qualcuno ha avuto l'idea di cercare di uccidermi.»

«Volevo sbloccare la situazione, e ci sono riuscito. Li ho attirati allo scoperto, e poi ti ho salvato la vita.»

«Tu volevi solo fare la tua bella figura. Ti avevo chiesto se ti eri fatto corrompere, e per rientrare nelle mie grazie hai ideato tutto questo, coinvolgendo quel povero scemo di Meneghello.»

«Io non mi sono fatto corrompere!»

«Può darsi. Immagino che non lo sapremo mai, giusto? Dato che prove non ce ne sono, e che alle tue parole io non crederò mai più, questo resterà un punto interrogativo per sempre.»

«Ma santo cielo, tutto è bene quello che finisce bene, no?»

«Per Elvis Pirroni non è finita bene. Aveva poco più di vent'anni, stronzo che sei!»

«Sicuramente avevano già deciso di ucciderlo.»

«Sì, è possibile. Ma non sapremo mai come sarebbero andate le cose senza il tuo intervento.»

Michele era paonazzo. «Certo che lo sappiamo. Senza il mio intervento tu saresti sottoterra.»

«Non puoi veramente vantarti di avermi salvato se prima sei stato tu stesso a mettermi in pericolo. Ma non voglio parlare di questo, ormai ho capito che tu sei ancora convinto di aver fatto la cosa giusta, avvisando la criminalità organizzata di come avrebbe potuto ammazzare la tua fidanzata.»

«C'ero io a coprirti le spalle.»

«E se la tua preziosa auto sportiva si fosse guastata? Se per qualche motivo tu non fossi stato in condizione di salvarmi? Se la tua Beretta si fosse inceppata?»

«La fortuna aiuta gli audaci.»

«D'accordo, basta parlare di questo, ho detto. Ora voglio che tu rinunci a diventare commissario, e torni a fare l'ispettore. Altrimenti ti denuncio per complicità in tentato omicidio di un funzionario di polizia.»

«Co .. cosa? È uno scherzo, vero?»

«No, ma se vuoi ridere, fallo pure. Però, appena Maier rientra, gli dici che rientri nei ranghi che riconosci essere quelli giusti per te. Così puoi essere più presente sulle strade a combattere i cattivi, invece di stare dietro una scrivania. Insomma, inventati tutte le stronzate che ti pare, ma fai come ti ho detto. O ti denuncio.»

Quando la giovane donna uscì provò pena per il fatto che nello sguardo del suo ex fidanzato c'era solo rabbia, e mancava totalmente la vergogna.

*

La tappa successiva di Chiara Paradisi fu il proprio ufficio; o meglio, quello che condivideva con il proprio supervisore, il vicequestore Carpi. «Chiara, siediti, potresti darmi una mano con la trascrizione di quegli interrogatori dell'altro giorno, cosa dici?»

Chiara si sedette. «Voglio andarmene.»

Carpi si rabbuiò. «Cosa vuoi dire, esattamente?»

«Voglio concludere il tirocinio in un'altra questura. Niente contro di te, Silvio, sei stato come un secondo padre per me. Va beh, diciamo un terzo, il secondo è stato Pietro Miccoli.»

«C'è un motivo, per questo?» Non era arrabbiato, sembrava solo deluso.

«Sono incazzata nera, se proprio vuoi saperlo, ma tu non c'entri niente. Voglio cambiare aria, qui è successo qualcosa che non mi è piaciuto per niente. E voglio dimenticarmene.»

Lui annuì, rassegnato. «Eppure mi avevi parlato del problema di tua sorella, e mi era parso di capire che avresti voluto essere qui quando lei dovesse essere operata.»

«Sì, ma non sto chiedendo di andare in capo al mondo. Fuori dal Piemonte sarebbe perfetto, ma non troppo lontano; da poter essere di nuovo a casa in qualche ora, diciamo.»

«Tutti ti conoscono, qui. Ti sei fatta una certa fama, con l'indagine che hai risolto.»

«Ecco un altro motivo per cui voglio staccare.»

«Già, non ami i riflettori, tu. Va bene, capisco che sia inutile tentare di farti cambiare idea. Lasciami qualche giorno di tempo per guardarmi intorno. Mi pare che a Monza ci sia qualcosa di disponibile, ma devo verificare.»

«Grazie, Silvio. E adesso passiamo pure a quelle trascrizioni.»

*

Quella sera, la madre di Chiara era affranta. «Ma Chiara, perché? Torino è la tua città, qui c'è la tua casa.»

«Non vado in Siberia, mamma. Tornerò, ma ho bisogno di staccare. Qui c'è qualcosa che voglio perdere di vista per sempre.»

«Si tratta di Michele, vero?» Chiese Marina. «Se è così, fai bene.»

«Beh, c'entra anche lui, ma è tutto un insieme di cose. Ho bisogno di cambiare aria. Dimenticare tutta questa storia, anche il fatto che sono quasi morta. E come vi ho detto, tornerò, un giorno.»

Saverio annuì. «Ti vogliamo bene, Chiara. Qualsiasi cosa ti possa servire, dovunque tu possa andare, noi ci siamo.»

«Di questo non ho mai dubitato, papà.»

*

Il giorno dopo era un sabato, e nel primo pomeriggio Chiara andò a trovare Pietro Miccoli a casa sua. L'uomo ormai si era completamente rimesso. «Sai, Chiara, sono orgoglioso di te. Tutti hanno continuato a tessere le lodi delle mie gesta attorno alla basilica di Superga, ma io sono convinto che il mio vanto maggiore dovrebbe essere quello di averti insegnato qualcosa. Diventerai qualcuno, ragazza.»

«Lo sai che io e Michele ci siamo lasciati? È definitivo, stavolta.»

«Chi diventerà qualcuno non è il caso che si metta insieme a chi non è mai stato nessuno, e mai lo sarà.»

«Già, ci ho messo un po' a capirlo. E c'è un'altra novità: vado via per un po' di tempo. Tornerò, ovviamente, ma sento un bisogno incredibile di cambiare ambiente.»

«Non so perché, ma neppure questo mi stupisce. Mi dispiacerà vederti partire, ma io stesso sono uno che ha lasciato la sua terra senza troppi rimpianti.»

«Sarà solo temporaneo, ho detto che tornerò.»

«Sicura che tornerai? Che tornerai per restare, voglio dire? Magari troverai l'amore e ti fermerai.»

«Eh, magari. Comunque vada, troverò comunque sempre il tempo per venire a farti visita. Grazie di tutto, Pietro.»

CAPITOLO 27

Chiara era appena uscita dall'abitazione di Miccoli che ricevette una chiamata. Si trattava di Carpi, e la cosa la stupì un po'. «Silvio, non dirmi che sei ancora al lavoro.»

«Ciao, Chiara. No, sono a casa, ma casualmente mi sono sentito con un mio collega con cui avevo lavorato a Milano, anni fa. Adesso è alla mobile di Trento, e avrebbe la disponibilità per un tirocinante, ma dovremmo rispondergli subito. Altrimenti, puoi considerare sempre valido il posto a Monza, a cui però tiene molto un certo Carella, e sembra che se ne stiano rendendo disponibili anche un paio nel napoletano.»

«Come si chiama il tuo contatto a Trento?»

«È il commissario capo Motta. Ti interessa?»

«Sì. Vado a Trento,» disse con voce quasi incredula. Evidentemente era stupita lei stessa della decisione che stava prendendo.

«In mezzo ai boschi?»

«Molto divertente. Diciamo, in una piccola città di provincia dove nessuno mi conosce e mi lascerò alle spalle per un paio di mesi la vita della metropoli. Poi farò l'esame, in settembre, e tornerò qui come commissario.»

«Io sarò sempre qui, pronto a riprenderti sulla barca, se ne avrai il desiderio.»

«Ti prendo in parola, Silvio. E ora, se vuoi darmi il numero di questo Motta … »

*

Chiara prese il treno che partiva alle quindici, sapendo che non sarebbe arrivata a destinazione prima delle ventuno. Per la verità, il commissario capo Motta le aveva dato la possibilità di partire il giorno dopo, di domenica, in modo da essere lì a Trento per la mattinata di lunedì, con la possibilità di fare una bella dormita in albergo. Ma lei aveva paura che, se avesse tentennato, magari avrebbe cambiato idea; inutile, dopo quello che aveva scoperto su Michele era diventata imprevedibile nelle sue decisioni, addirittura instabile, e doveva solo sperare che si trattasse di un momento passeggero.

In ogni caso, ormai era partita, e prima di salire a bordo del convoglio aveva solo chiesto a Motta di prenotarle per la notte una stanza in un albergo. Poi spense il cellulare e cercò di godersi il viaggio. Non era mai stata in Trentino, ed era curiosa.

*

Scese alla stazione di Trento dopo le ventuno e trenta, e subito accese lo *smartphone*. Vide che aveva alcune chiamate perse da un numero sconosciuto, un fisso. Lo richiamò.

«Fogli,» rispose una voce, maschile e autorevole.

«Ehm, buonasera. Mi chiamo Chiara Paradisi, e ho visto che ha tentato di contattarmi, nelle ultime ore. Con chi ho il piacere?»

«Buonasera, vicecommissario. Sono Luca Fogli, questore a Trento.»

«Oh. Addirittura, non pensavo. Io sono in contatto con il commissario capo Motta. Dovrei completare il tirocinio con lui.»

«Lo so, ma purtroppo Motta ha avuto un infarto, qualche ora fa.»

«Oh, santo cielo!»

«Nulla di irreparabile, l'hanno preso in tempo. Ma probabilmente tornerà al lavoro solo tra parecchie settimane, e anche allora forse dovrà rassegnarsi a starsene dietro una scrivania.»

Chiara era delusa. «Immagino di aver viaggiato fin qui per niente, allora.»

«Non è detto. Potrei tenerla io come tirocinante. Certo, è inusuale per un questore fare da supervisore, ma non è vietato da nessuna regola.»

«Oh. Ma, non so ... »

«Ha paura che questo significhi due mesi di lavoro d'ufficio? La capisco, ma non è quello che pensavo per lei. Se le va bene, la mia supervisione potrà essere solo un pro forma, mentre lei farà del lavoro sul campo. In realtà, da quello che ho letto di lei, credo che non abbia bisogno di nessuno che la guidi. Non mi deluda, però.»

«Non so cosa dire, grazie, grazie infinite. Accetto senz'altro.»

«Bene. Allora diciamo che ci vediamo lunedì alle otto.»

«Aspetti, dottor Fogli. Sono qui in stazione, non so se Motta mi abbia prenotato una stanza in qualche albergo, e quindi non ho idea di dove andare, stanotte.»

«Oh, certo, mi rendo conto. Senta, ora chiamo la pattuglia di servizio, che vengano a portarla in questura. Si sistemi pure lì, c'è una stanzetta per occasioni come questa, con una brandina. Domani potrà organizzarsi meglio.»

«Grazie, dottor Fogli. Non la deluderò.»

*

Chiara trovò il bar della stazione ancora aperto, e mangiò un tramezzino in attesa della vettura della polizia. Gli agenti che si presentarono lì un quarto d'ora dopo si chiamavano Carraro e Manzi, e impiegarono un altro quarto d'ora a portarla in questura, che era un palazzo situato in una zona periferica, a sud della città. Chiara pensò che avrebbe avuto bisogno di una macchina, per andare al lavoro tutti i giorni, e che forse non aveva valutato bene tutto prima di prendere la decisione di scegliere quel posto. Ma era testarda, quindi ora sarebbe rimasta e avrebbe fatto di tutto per far andare le cose nel modo giusto.

*

Le uniche persone in servizio in questura in quel momento erano i membri dell'equipaggio della volante, Carraro e Manzi, appunto, e un paio di piantoni. Uno di questi era il sovrintendente Gino Pizzo, un omone abbondantemente

181

sopra il quintale, che fece gli onori di casa.

La stanzetta era piccola, ma la brandina sembrava comoda. Il problema era che a Chiara non sembrava il caso di dormire né con i vestiti che aveva addosso, per comodi che fossero, né con il pigiama che aveva nel trolley, rosa con i cuoricini rossi. Non sarebbe sembrato molto dignitoso, se avesse dovuto alzarsi per qualche motivo. Pizzo comprese il suo imbarazzo, e le lanciò un salvagente. «Potrebbe servirle una tuta, vicecommissario? Le posso prestare la mia. Sì, lo so, non abbiamo esattamente la stessa taglia, ma se si tratta solo di dormire, che problema c'è?»

«Lei è molto gentile, sovrintendente. Grazie, accetto volentieri.»

*

Chiara dormì come un sasso fino alle tre, poi fu svegliata da un notevole trambusto. Si alzò, indossò le scarpe, e uscì dalla stanzetta. Incrociò l'agente Carraro, che nel vederla strabuzzò gli occhi.

«Che succede, agente?» Gli chiese Chiara.

«Vicecommissario ... ecco, è arrivata una segnalazione del 112. Pare che sia stato ucciso qualcuno, in un modo orribile, anche. Stavamo appunto andando a vedere.»

«Vengo con voi.»

Carraro alzò le spalle, quasi come a dire che se lei si assumeva la responsabilità di quella decisione, cosa poteva farci lui? «Si accomodi, se crede.»

Nell'uscire insieme a lui e all'agente Manzi, passò davanti ad uno specchio a muro, vicino al guardaroba, e capì il motivo dello sguardo strano di poco prima da parte dell'agente.

Era ridicola, con una tuta smisurata e rigonfia e le maniche e le caviglie rivoltate, la pettinatura in disordine e le occhiaie. Sospirò rassegnata.

Beh, dopotutto non sarebbe stato certamente intervenendo sulla scena di un crimine alle tre di notte che avrebbe incontrato il principe azzurro. O forse sì?